KB208972

스파이 패밀리

SPY×FAMILY

노벨라이즈 ①

위장 가족

원작·일러스트 **엔도 타츠야**
저자 **와다 히토미**

학산문화사

CHARACTER

SPY× FAMILY

로이드 포저

관계 : 남편
직업 : 정신과 의사

정체는 100가지 얼굴을 가진
웨스탈리스의 엘리트 첩보원,
암호명은 〈황혼〉.

아냐 포저

관계 : 딸

어느 조직의 실험으로 태어난
마음을 읽는 초능력자.

요르 포저

관계 : 아내
직업 : 시청 사무원

살인 청부업자라는 두 얼굴을
가지고 있다. 암호명은 〈가시
공주〉.

MISSION

오퍼레이션 〈올빼미〉

동서의 평화를 위협하는 위험인물 데스몬드의 동향을 살피는 작전. 작전을 수행하려면 데스몬드의 아들이 다니는 명문 이든 칼리지 학부모 친목회에 잠입해야 한다.

TARGET

도노반 데스몬드

오퍼레이션 〈올빼미〉의 표적. 오스타니아 국가통일당 총재.

KEY PERSON

프랭키
정보상. 〈황혼〉의 협력자.

헨리 헨더슨
이든 칼리지 기숙사장.

CONTENTS

SPY×FAMILY

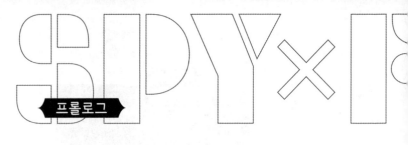

프롤로그

사람은 누구나 아무에게도 보여 주지 않는 자신을 가지고 있다.

친구에게도, 연인에게도, 가족에게조차 잘 포장한 웃음이나

허세로 본심을 감추고 본성을 감춘다. 그렇게 해서 세계는 위장된

평온을 이어 가고 있다.

어느 가족을 예로 들어 보자.

아버지는 보기 좋은 갈색 머리에 차분한 눈빛을 하고 있으며

말쑥한 슈트를 입은 채, 아내와 딸에게 미소를 짓고 있다.

어머니는 윤기 나는 길고 검은 머리에 키가 크며 느긋한 눈빛으로

남편과 딸을 바라보고 있다.

딸은 어깨까지 오는 폭신한 머리카락을 달랑거리며, 반짝반짝 빛나는 커다란 눈으로 그런 아버지와 어머니의 얼굴을 올려다보고 있다.

어디에나 있을 듯한, 화목한 분위기의 평범한 가족….

하지만 세계는 보이는 것이 다가 아니다.

아버지의 방에 수상쩍은 변장 도구와 독약, 권총이 숨겨져 있다면?

어머니의 발 아래 숨을 거둔 사람들이 널브러져 있다면?

그리고 그런 아버지와 어머니의 비밀을 아~무것도 몰라야 할 딸이 전부 다 알고 있다면…?

이 세계 어딘가에 그런 가족이 살고 있다면….

언제 어디서나 가슴 뛰는 이야기는 그렇게 시작되고는 한다.

◎ 제1화 발동! 오퍼레이션 〈올빼미〉

"약속한 물건이다."

어느 정보상이 보기 좋게 수염을 기른 에드거라는 남자에게 극비 서류를 넘겼다.

그것은 오스타니아(동쪽 나라)의 외무 장관이 '가발'을 썼다는 걸 알 수 있는 증거 사진. 벗겨진 머리를 가리고 있던 가발이 바람에 비뚤어진 순간을 담은 것이었다.

에드거는 이게 있으면 장관을 사임으로 몰아갈 수 있을 거라며 미소를 띤 채 정보상에게 고맙다고 말했다.

어두컴컴한 뒷골목에서 이루어진 비밀 거래는 이로써 끝났다.

우선 에드거가 차를 타고 그 자리를 뜬 후, 정보상도 이어서 떠나려 했다.

하지만 이상한 일이 일어났다.

방금 떠났던 에드거가 골목에 나타나 정보상에게 말한 것이다.

"어딜 가는 거지? 자, 약속한 물건을 넘겨주실까?"

"어?! 아니, 하지만 방금….."

놀란 정보원은 좀 전에 서류를 건넨 **에드거**의 차가 있던 곳을 돌아보았지만, 한 발 늦었는지 차는 이미 보이지 않았다.

자신이 실수를 저질렀음을 알아챈 정보상은 소리쳤다.

"당했다…!!!"

첫 번째 에드거는 차를 운전하며 얼굴에 붙였던 변장용 마스크를 찌직찌직 뜯어 냈다. 그러자 '보기 좋게 수염을 기른, 거만해 보이는 아저씨'는, 아저씨라 하기에는 아직 이른 쿨한 눈빛의 성인 남성이 되었다.

암호명 〈황혼〉. 남자는 스파이였다.

세계 각국이 물밑에서 치열하게 정보전을 펼치고 있는 시

그는
스파이
였다.

그는 100가지
얼굴을 바꾸어 가며
그 전장을
헤쳐가고 있었다.

세계 각국이
물밑에서 치열하게
정보전을
펼치는 시대.

처억

대, 〈황혼〉은 100가지 얼굴을 바꾸어 가며 그 전장을 헤쳐 나가고 있었다.

변장용 안경을 쓴 〈황혼〉이 다음으로 향한 곳은 카렌이라는 여자와 약속한 식당이었다.

"아빠가 '가발 사진을 뺏겼어!'라면서 화풀이를 하지 뭐야. 무슨 소린지 모르겠어. 짜증 나. 내 말 듣고 있어, 로버트?"

"응? 그래, 고생이 많네."

고급 레스토랑에서 코스 요리를 먹으며 입을 삐죽거리는 카렌에게 〈황혼〉은 적당히 맞장구를 쳐 주었다.

로버트라는 것은 물론 가짜 이름이다.

카렌은 에드거의 딸로, 〈황혼〉은 스파이 활동을 위해 카렌과 교제하고 있었다.

"있지, 로버트. 우리도 언젠가 맺어질 날이 올까?"

황홀한 표정으로 카렌이 물었다.

하지만 〈황혼〉은 더 이상 카렌에게 볼일이 없었다.

"우리 헤어지자. 네가 하는 말에서는 지성이 안 느껴져."

"뭐…?!"

"그럼 행복하길."

레스토랑을 나선 〈황혼〉은 뒷골목에서 변장용 안경을 벗어 쓸 일이 없어진 가발 사진과 함께 쓰레기를 태우고 있는 드럼통에 휙 던졌다.

'‘로버트’라는 이 가면도 더는 쓸 일이 없겠군. …결혼? 남들 같은 행복? 그런 것에 대한 집착은 스파이가 된 그날, 신분증과 함께 처분했다.'

◇

〈황혼〉은 웨스탈리스(서쪽 나라)에서 제일의 첩보원으로 동서 평화를 실현하기 위해 활동 중이다. 웨스탈리스와 전쟁을 일으키려는 오스타니아의 계획을 알아내기 위해 오스타니아에서 스파이 활동을 하고 있는 것이다.

임무를 내리고 있는 것은 웨스탈리스 정보국 대 오스타니아과 ‘WISE’.

그날도 새로운 임무가 날아들었다.

기관차가 정차하는 돔 형태 역의 승강장을 찾은 〈황혼〉은 벤치에서 신문을 읽고 있던 노인의 옆에 자연스럽게 앉았다.

그러자 노인은 곧장 신문을 내밀었고 〈황혼〉 역시 곧장 자신이 가지고 있던 신문과 그것을 교환했다.

누구의 눈에도 띄지 않을 만큼 자연스러운 거래였다.

그 후 노인은 작은 목소리로 "야옹~"이라고 중얼거리더니 승강장을 떠났다.

그것은 "C암호'로 신문을 읽어라.'라는 신호였다.

「좋은 아침, 아니면 좋은 밤인가, <황혼> 군.」

지령은 평소와 같은 문장으로 시작되었다.

<황혼>은 탑승한 기관차 안에서 암호를 읽었다. 한손에는 커피를 들고서. 주변에 있는 승객들에게는 그냥 신문을 읽고 있는 것으로만 보일 것이다.

「지난번 임무는 수고 많았다. 덕분에 장관은 무사했고, 결과적으로 우리나라에는 이득이 됐어. 다음 임무다. 타깃은 국가 통일당 총재 도노반 데스몬드. 동서 평화를 위협하는 위험인물이다. 자네의 사명은 그에게 접근하여 불온한 동향을 보이는지 살피는 것. 그러기 위해 우선…」

암호 신문에는 눈을 부릅뜨고 있는 데스몬드의 사진이 실려 있었다.

<황혼>은 커피를 마시며 냉정한 눈빛으로 그것을 바라보았다.

그렇다, 다음 문장을 읽기 전까지는….

「결혼해서 아이를 만들어라.」

푸읍!

〈황혼〉은 입에 머금었던 커피를 고스란히 뿜었다.

콜록콜록, 기침을 하며 엉겁결에 "네?!"라고 되묻기까지 했다. 커피에 젖은 암호 신문을 계속 읽어 보니, 아무래도 장난으로 내린 지령이 아닌 듯했다.

「데스몬드는 내향적이며 주의 깊은 성격이다. 좀처럼 외부에 얼굴을 드러내지 않지. 그가 유일하게 나타나는 경우는 아들이 다니는 명문 학교 이든에서 열리는 친목회뿐이다. 이는 정재계 거물들이 모이는 사교장이기도 하다. 자네는 아이를 이 학교에 입학시키고 친목회에 잠입해라. 또한 입학까지 기한이 얼마 남지 않은 관계로… **유예 기간은 일주일이다.**」

"7일 만에 아이를 만들라고…?!"

너무도 터무니없는 임무에 〈황혼〉은 암호 신문을 둘로 찢어 버렸다.

갑자기 큰 소리를 내자 승객들이 〈황혼〉을 쳐다보았다.

그러기 위해 우선―.

자네의 사명은 그에게 접근하여 불온한 동향을 살피는 것.

결혼해서 아이를 가질 것.

이것은 정재계 거물급 인사들이 모이는 사교장이기도 하다.

그가 유일하게 나타나는 것은 아들이 다니는 명문학교에서 정기적으로 열리는 친목회다.

데스몬드는 내향적이며 주의 깊은 성격이다.

좀처럼 외부에 얼굴을 드러내지 않지.

콜록,

네?!

'진정하자. 스파이는 냉정함을 잃으면 끝장이야.'

〈황혼〉은 "실례."라고 말하고서 헛기침을 한 후, 곧바로 임무 내용에 집중했다.

그 이름은… **오퍼레이션 '올빼미'**.

이 작전이 동서의, 나아가 세계의 평화를 지키기 위한 열쇠가 될 것이라 적혀 있었다.

「'그림자 없는 영웅'이여. 첩보원인 자네들의 활약이 햇빛을 볼 날은 없을 거다. 훈장도 없고 신문 한구석에 날 일도 없을 것이다. 하지만 그렇다 해도, 그 시체 위에서 사람들의 '일상'이 이루어지고 있다는 사실을 잊지 마라.」

암호 신문을 끝까지 읽은 〈황혼〉은 달리는 기관차의 차창을 통해 하늘을 올려다보았다.

'좋아…. 이름도 얼굴도 버린 나 〈황혼*〉, 애 딸린 아버지든 뭐든 다 연기해 주지. 모든 것은 더 나은 세계를 위해…!!'

◇

※황혼 : 일본어에서 '황혼(타소가레)'이란 단어는 '누가 누구인지 구분하기 어려운 때(타소가레도키)'라는 말에서 유래됐다.

〈황혼〉은 곧장 임무를 위해 새로운 집을 찾기 시작했다.

"이게 패밀리 타입 방입니다. 가구 포함에 냉난방 완비….'"

남성 부동산 중개인의 설명을 들으면서 직접 '도청 장치 없음' '도주 경로도 확보 가능' 따위의 조건을 꼼꼼히 따져 가며 방을 체크한다.

"여기로 하죠."

"그럼 포저 고객님. 이 서류에 사인 부탁드립니다."

집을 결정한 〈황혼〉은 **정신과 의사 로이드 포저**'로서 사인했다.

이것이 〈황혼〉의 새로운 이름, 새로운 인생이다.

"이야~ 정말 부럽네요. 온 가족이 새집으로 이사를 오시다니! 자녀분은 아드님이신가요, 따님이신가요?"

"아~ 그건… 이제 정하려고요."

"네…?"

로이드의 답변에 부동산 중개인은 어이가 없다는 눈치였다.

이렇게 〈황혼〉은 로이드 포저로서 생활하기 시작했다.

'사랑하는 가족, 행복한 가정… 스파이에게는 성가신 짐일 뿐….'

집을 정했으니 이제 학교에 보낼 아이를 찾아야 한다.

아이를 찾기 위해 로이드가 고아원을 방문하자, 술 냄새가 진동을 하는 벌건 얼굴의 남자가 문을 열었다. 아무래도 그가 이곳의 관리인인 듯했다.

"뭐어? 입양을 하시겠다고?"

"네. 이 고아원에서는 입양 수속도 한다고 들었습니다. 사실은 부부 사이에 좀처럼 아이가 생기지 않아서….'"

"알았수다. 맘에 드는 놈으로 골라 보쇼."

너무 쉽게 승낙하는 바람에 로이드는 조금 당황했다.

고아원에 들어가 보니 불결하고 낡은 곳이었다.

'…열악한 환경이군. 하지만 비합법적인 시설일수록 출신을 알 수 없는 아이가 많을 거다. 과거를 조작하려면 그게 낫지. 이번 임무는 일단 아이만 있으면 어떻게든 된다….'

로이드는 아이들이 장난으로 코딱지를 묻히는 데도 가만히 두고 안으로 걸어갔다.

'사실은 전부 혼자 해내고 싶지만 웨스탈리스 제일의 스파이인 나라도 아이로 변장할 수는 없으니까….'

필요한 것은 명문 학교 이든에 들어갈 만큼 똑똑한 아이다.

"가능하면 **읽고 쓰기를 할 줄 아는 아이**가 좋겠는데요."라고 요구 사항을 말하자 관리인은 "아~ 그렇다면⋯."이라고 하더니 한 소녀를 불렀다.

"야, 아냐!"

머리에 뿔처럼 생긴 장식을 단, 머리카락이 포근해 보이는 작은 여자 아이였다.

"우리 고아원에서는 제일 똑똑하지. 무뚝뚝하지만 뭐⋯ 착한 애요."

말은 그렇게 했지만 사실 관리인은 성가신 아이를 떼어 내려 하고 있었다.

'음침하고 재수 없는 애니까. 누구라도 얼른 데려가 주면 나야 고맙지.'

하지만 로이드는 아직 작은 아냐를 바라보며 생각했다.

'분명 이든에 입학할 수 있는 건 6살 부터였을 텐데. 이 아이는 아무리 봐도 4, 5살 남짓⋯.'

로이드가 입을 열어 뭐라 말을 하려던 그때.

"6살!"

로이드의 생각에 끼어들 듯이 아냐가 목소리를 낸 것이다.

아이들에게 거의 관심이 없는 관리인은 태평하게 말했다.

"너, 6살이었던가?"

하지만 그렇다 쳐도 아냐는 작아 보였다. 로이드가 '아니, 그래도 키가….'라고 생각하자 아냐는 열심히 까치발을 들어 보이더니 근처에 있던 신문을 가져와 십자말풀이 퍼즐이 있는 면을 펼쳤다.

퍼즐을 풀려 하는 아냐의 뒤에서 로이드도 문제를 들여다보았다. 아이에게는 너무 어려운 문제들만 실려 있었다.

'뭐, 나한테는 어린애 장난이지만. 세로 1번의 답은 '호메오스타시스'. 가로 1번은 '인과성 폐포성'. 그 아래는 '심플렉틱 기하학'….'

그러자 아냐는 로이드가 생각한 것과 완전히 같은 답을 퍼즐에 적어 넣더니….

척 하고 로이드에게 보여 주었다.

"다 풀었다고?! 진짜로?!"

로이드는 놀란 동시에 이 정도면 임무를 성공시킬 수 있겠다고 생각했다.

'무서운 지력이군! 이만하면 이든 입학시험도 쉽게 통과하겠어!!'

"이 아이로 하겠습니다!"

로이드가 아냐를 데려가기로 하자 관리인은 곧바로 떠넘겼

다.

'…아이 만들기 미션 달성. 너무 순조로워서 오히려 불안해지는군….'

로이드는 자신이 데려가기로 한 작은 소녀에게 말을 걸었다.

"너는 그래도 괜찮겠니?"

살짝 몸을 숙이고서 로이드가 묻자, 아냐는 눈을 빛내며 고개를 끄덕였다.

'스파이.'
'미션.'
'두근두근…!'

소녀는 사람의 마음을 읽을 수 있는 초능력자였다.

그래서 로이드가 고아원에 온 이유를… 그가 스파이이고 임무를 수행 중이라는 것도, 6살 이상의 똑똑한 아이를 찾고 있다는 것도, 퍼즐의 답도, 전부 로이드의 마음을 읽고 알고 있었던 것이다.

갑자기 눈앞에 스파이가 나타났다는 것을 알게 된 아냐의 마음은 두근두근 설레기 시작했다.

　로이드는 아냐를 데리고 새로운 집인 아파트로 향했다.

　"잘 들어, 아가씨."

　"아냐!"

　아냐가 지체 없이 자신의 이름을 어필하자 로이드는 곧장 말을 바꿨다.

　"잘 들어, 아냐. 오늘부터 너는 우리 아이가 되는 거지만, 주변 사람들한테는 원래부터 가족이었다고 해야 해. 알겠지?"

　"위."

　"나는 '아버님'이라고 부르고."

　"아버지!"

　"좋아."

　이렇게 로이드와 아냐는 부녀로서 새로운 한 걸음을 내디뎠다.

　두 사람이 집 앞에 도착하자 이웃 할머니가 말을 걸었다.

　"어머, 귀여운 아가씨네. 안녕?"

　"오늘 이사 온 포저입니다."

　로이드가 고개 숙여 인사하자 아냐도 뒤이어 말했다.

"원래부터 아버지의 아이인 아냐예요."

"응?"

아냐는 로이드의 지시에 따른다고 한 말이었지만, 할머니는 고개를 갸웃할 따름이다.

'쓸데없는 소리 말고.'

로이드는 마음속으로 딴죽을 걸었다.

아파트의 문을 열자 아냐가 "아냐 집?"이라면서 안을 들여다보았다.

"그래."

"텔레비전!"

TV를 발견한 아냐가 켜도 된다는 로이드의 말에 전원을 켜자 〈스파이 워즈(대전쟁)〉라는 모험 애니메이션이 방송 중이었다.

"아냐 이거 좋아."

애니메이션 안에서 스파이가 소음기 달린 권총을 사용해 싸우는 모습을, 아냐는 설레는 마음으로 쳐다보고 있었다. 소음기란 소리를 없애는 장치를 말한다.

"잠깐 나갔다 올게. 얌전히 그거 보고 있어."

로이드가 쇼핑을 하러 나가려 하자 아냐는 "모험!"이라고 말하며 로이드의 다리에 매달렸다.

로이드는 그걸 뿌리치려 했지만 결국 둘이서 쇼핑을 하기로 했다.

'눈에 띄지 않고 지극히 '평범함'을 연기하는 것이야말로 스파이의 진수!'

'어딜 어떻게 봐도 평범한 부녀로 보여야 한다!'

로이드는 스파이로서 기합을 팍 넣었지만 그러한 각오는 다음 순간, 큰 목소리에 의해 박살 났다.

"아버지~!! 살려 줘어~"

그것은 인파에 떠내려가고 만 아냐의 목소리였다.

'왜 저렇게 눈에 띄는 거야….'

로이드가 놀라고 있는 동안, 지나가던 아줌마가 아냐를 데려왔다.

"못써요, 어린애랑 다닐 때는 아빠가 손을 꼭 잡아 줘야죠."

"………."

짧은 침묵 후, 로이드는 아냐의 손을 잡았다.

둘이서 처음으로 손을 잡았다. 하지만….

'한손을 잡혀 있으면 적의 습격에 대비할 수가 없지만, 어쩔

수 없지….'

'적…?!'

로이드의 마음을 읽은 아냐는 놀라서 로이드의 손을 확 놓았다.

그러고는 두리번두리번 주변을 둘러보더니 노점 판매대 아래로 기어들어갔다.

"…뭐 하는 거지…?"

"경계."

나를 경계할 만한 짓을 했던가, 싶어서 로이드는 당황했다.

'내가 싫은가? 손을 너무 일찍 잡았나?'

'난처하게 됐군. 임무 완료까지 이 녀석과는 양호한 관계를 유지해야 하는데.'

'알아야 한다…! 이 생물에 관해서!'

'그래, 외교를 하듯이! 상대를 이해하는 것이 평화로 가는 첫걸음!!'

그런 로이드의 마음의 목소리까지도 아냐는 모두 들었고….

충격적인 사실에 눈이 휘둥그레졌다.

'아냐를 알면, 세계 평화가…?!'

아냐는 곧장 '세계 평화'를 위해 움직였다.

"아냐 땅콩 좋아. 당근은 싫어."

"음…? 응…?"

"아냐 베이컨 커리 좋아."

아냐는 자신에 관해 많이 알려 주려 했다.

하지만 로이드는 아냐가 '베이커리'라고 적힌 빵집의 간판을 보고 '베이컨 커리'라고 말한 걸 알아채고 "베이커리는 베이컨을 넣은 커리라는 뜻이 아닌데?"라고 냉정하게 딴죽을 걸었다.

실수를 지적하자 아냐는 얼굴이 새빨개졌다.

그 후 아냐는 매점 계산대에서 물건을 사려다가 로이드에게 "1펜트 동전으로는 1다르크짜리 물건을 살 수 없어."라는 지적을 받았다.

연달아 지적을 당하자 아냐는 얼굴이 새빨개졌다.

로이드는 생각했다.

'이 녀석, 사실은 머리가 나쁜가? 지금이라도 다른 아이와 바꾸는 게….'

그 마음의 목소리도 물론 아냐는 들었고….

"!!!! 나 버리면 싫어!!!"

아냐는 거리 한복판에서 목청껏 울음을 터뜨렸다.

길을 가던 사람들의 시선이 집중되어 로이드는 쩔쩔매기 시작했다.

"갑자기 왜 그래?! 제발 눈에 띄지 좀 마."

"아냐 가성비 좋아."

"??"

로이드는 영문을 알 수가 없어서 아냐가 좋아한다고 했던 땅콩을 사 줬다.

그러자 아냐는 울음을 뚝 그치더니 환한 미소를 지었다.

"땅콩!"

하지만 로이드가 안심할 수 있었던 것도 잠시뿐, 아냐의 걸음걸이가 불안해지더니….

"아버지 아냐 졸려. 못 걸어."

"뭐…?!"

로이드가 아냐를 안아 들자 아냐는 새근새근 잠들었다. 로이드의 옷에 침까지 흘리면서….

'안 되겠다. 이해를 못 하겠어.' 로이드의 얼굴이 파랗게 질렸다.

'이 비합리적인 행동을 해독하려면 매뉴얼이 필요해…!'

로이드는 육아에 관한 책과 논문을 있는 대로 긁어모아 그 날 밤, 집에서 닥치는 대로 읽었다.

「육아의 기본은 '신뢰감'입니다.」

「꾸짖기보다는 수용할 것.」

「아이와 같은 눈높이에서.」

「아이는 자기감정을 잘 표현하지 못합니다. 마음을 헤아리세요.」

거기에는 로이드가 생각지 못한 정보들이 적혀 있었다.

"심문하면 안 되는 건가…."

그렇게 중얼거림과 동시에 세상의 부모들은 이런 고난도 임무를 해내고 있다는 말인가 싶어서 새삼 놀랐다.

하지만 '장래를 위해 자존심을 길러 줄 것'이라는 아이의 '장래'에 관한 내용이 적힌 기사를 본 순간, 로이드는 책을 내팽개쳤다.

'…장래는 무슨. 어차피 임무가 끝나면 고아원으로 돌려보낼 텐데. 결국 그런 관계일 뿐이라고….'

◇

이튿날, 로이드와 아냐는 말다툼을 하고 있었다.

"싫어어~!! 아냐 공부 싫어!!"

"시험을 위해 네 학력을 파악해야 한다니까."

"공부 안 해도 시험 칠 수 있어! 다른 사람 마…."

'마음을 읽으면….'이라고 아냐는 생각했다.

"커닝이라도 하겠다고? 저기 말이야, 네가 입학하지 못하면 임…."

'임무 실패….'라고 로이드는 생각했다.

"……."

"……."

얼마 동안 눈싸움을 벌인 후, 로이드는 "됐어, 나갔다 올게."라고 말했다.

"오늘은 안 데려갈 거야!" "절대로!" "집 잘 보고 있어!"

한마디씩 끊어서 분명하게 아냐를 타일렀다.

하지만 그런다고 얌전히 있을 아냐가 아니었다. 아파트의 통로며 계단, 다락방에 있는 물건들 뒤에 숨어 가며 로이드의 뒤를 쫓으려 했다.

"이 녀석!"

"안 된다고 했지! 밖에 나오면 위험해!"

"거기! 안 들킬 줄 알았어?"

"거기!!"

"거기!!"

로이드는 금방 알아채고 아냐를 방으로 돌려보냈다.

'아버지 엄청 잘 찾네. 재밌어.'

아냐는 중간부터 숨바꼭질 자체가 즐거워져서 계속해서 도전했다.

최종적으로 로이드는 방 문 앞에 커다란 쓰레기통을 옮겨다 놓고서 큰 소리로 웃으며 말했다.

"후하하하하하! 이제 못 나오겠지!"

"그래서 늦었단 말이야?"

로이드가 향한 곳은 거리의 담배 가게. 〈황혼〉의 협력자인 정보상 프랭키가 있는 곳이었다. 북슬북슬한 머리에 네모난 얼굴을 한 안경 쓴 남자다.

"애들은 무슨 생각을 하는지 모르겠어. 뭐든 울음으로 해결하려는 자세가 화난단 말이야."

"아이들은 우는 게 일이야, 〈황혼〉. 그보다 자, 부탁했던 거."

그래서,

늦었단 말이야?

아동학대로 신고나 당하지 않길 빈다.

이제 못 나오겠지!

으하하하

결국 현관에 바리케이드를 쌓아서 가둬 놨지.

원서하고 수험표, 그리고 입시문제야.

그보다 자, 부탁하던 거.

REGISTERED
8900235

뭐든 울음으로 해결하려는 자세가 화난단 말이야.

어린애란 무슨 생각을 하는지 모르겠어.

아이들은 우는 게 일이야, 황혼.

로이드는 프랭키에게 이든의 입학시험에 필요한 서류를 마련해 달라고 부탁했었다.

원서에 수험표, 그리고 놀랍게도 **입시 문제**까지 있었다!

"고마워, 프랭키. 이걸로 답을 달달 외우게 하면 어떻게든 되겠지."

"그런데 그 애 말이야. 고아원에 없던 과거 기록을 찾아봤어. 출생에 관한 기록은 없고, 나이도 부모도 불명. 확실하게 남아 있는 건 최근 1년 남짓 동안의 행적인데, 네 번이나 입양됐다가 파양됐고, 시설도 두 번이나 옮겼어. 이름이 자주 바뀌었다는 건 아빠랑 똑같네."

놀리듯이 말하는 프랭키를 로이드는 묵묵히 쳐다보았다.

"……."

"농담이야. 괜히 정 붙이면 나중에 힘들어질걸."

"충고 고맙다."

그렇게 말하고서 로이드는 성큼성큼 가게를 나섰다.

"야, 잠깐, 수고비!! …하여간. 스파이란 놈들 머릿속은 알 수가 있어야지…."

한편 집에 남겨진 아냐는 소파에 널브러져 있었다.

'…심심해. 스파이 생각했던 거랑 달라.'

스파이 애니메이션을 너무나도 좋아한 나머지 소음기가 달려서 소리가 나지 않는 권총이나 폭탄 같은 걸 동경하고 있던 아냐는 로이드와 함께 있으면 애니메이션 같은 모험을 할 수 있을 거라 생각했었다.

심심해진 아냐는 로이드의 방에 몰래 들어가기로 했다.

물론 문은 잠겨 있었지만 비밀번호는 로이드의 마음을 읽어서 알고 있었다. 그 번호는 '6, 1, 1, 0'. 아냐는 로이드의 방에 몰래 들어갔다.

아냐는 로이드의 방에 있는 짐을 이것저것 뒤졌다. 권총도 폭탄도 보이지 않았지만, 여행 가방처럼 생긴 뭔가 굉장한 기계를 발견했다.

"오~~? 비밀 통신?"

아냐는 꾹꾹, 굉장한 기계의 버튼을 눌러 보았다.

뚜~ 뚜뚜~ 뚜뚜~

그 무렵 아냐의 통신을 수신한 조직에 긴장감이 퍼졌다.

"보스!! 수상한 통신을 포착했습니다!!"

"웨스탈리스의 암호인가?!"

"아뇨, 평문인 것 같습니다. 으음… **'황 혼 등 장'.**"

"뭐야, 〈황혼〉 등장?!"

평문이란 암호화되지 않은 평범한 문장을 말한다. 아냐가 장난으로 입력한 말을 읽어 나간다.

"웨스탈리스 조직이 사용하는 주파수입니다! 본인일 가능성이… 앗, 또! **'약 오 르 지 롱'.**"

사람을 무시하는 것 같은 통신문에 수염을 보기 좋게 기른 조직의 보스는 몸을 부들부들 떨었다. 며칠 전 〈황혼〉에게 한 방 먹었던 에드거였다.

"발신원을 특정해 내!"

큰일이 난 것도 모르고 '비밀 통신'을 한참 즐긴 아냐는 몹시도 만족스러웠다.

하지만 곧 로이드의 방을 어지럽혔다는 사실을 알아채고 정리하기 시작했다.

스파이인 걸 알아챘다는 사실을 들키면 로이드는 아냐를 제거하려 할지도 모른다고 생각했기 때문이다.

아냐는 나직한 목소리로 중얼거렸다.

"아냐도 '에스퍼'라는 거 들키면 나가야 해…."

사실 아냐는 아주 어릴 적부터 의문의 연구소에 있었다.

피험체 〈007〉로 태어나 여러 가지 '공부'에 참가했는데, 마음을 읽는 힘이 있다는 건 아무에게도 말해서는 안 된다고 배웠다.

"그 녀석, 방을 왕창 어질러 놓은 건 아니겠지?"

로이드가 아파트로 돌아왔다.

한손에 식료품이 든 종이봉투를 들고서. 프랭키에게 갔다가 슈퍼마켓에 들른 것이다.

계단을 올라 집에 도착해 보니, 문 앞에 커다란 쓰레기통이 떡 버티고 있었다.

"참. 바리케이드를 치워야지…."

로이드는 귀찮다는 듯이 말했지만 쓰레기통이 아주 조금 움직인 것을 알아채고 눈을 가늘게 떴다.

끼익….

로이드가 방에 들어서자 불은 꺼져 있었고, 문 뒤에 숨어 있던 남자가 쇠파이프를 휘둘렀다. 그 순간 로이드는 잽싸게 몸을 숙여서 공격을 피하고 남자의 턱에 일격을 먹여 쓰러뜨렸다.

이어서 보이지 않는 곳에 숨어 있던 또 다른 남자가 쏜 총탄이 로이드가 들고 있던 종이봉투에 맞았다. 로이드는 봉투 안에 있던 통조림을 남자의 얼굴에 던져, 남자가 주춤거리는 동안 식당에 있던 의자로 머리를 내려쳤다.

"뭐야, 이것들은…?!"

로이드는 곧장 아이의 방으로 향했다.

"아냐!! 아냐!!"

하지만 아냐는 집안 어디에도 없었다.

'설마 납치당했나…?! 뭐 때문에?'

곧장 찾으러 뛰쳐나가려던 로이드는 일단 자신을 진정시켰다.

'냉정하게 생각해. 상황으로 보아 적은 내가 스파이라는 사실을 알아챘거나 이미 알고 있었다. 지금 당장 피신하지 않으면 위험해.'

'아냐는… 대신할 아이는 얼마든지 있어….'

'처음부터 다시 시작해서….'

그때 로이드의 뒤에서 일어난 남자가 쇠파이프를 치켜들었고….

빠악 하고 둔탁한 소리가 났다.

"…그래서, 이 꼬마는 뭐지?"

아냐는 어두컴컴한 건물 안에서 밧줄에 묶이고 테이프로 입을 막힌 채 험악하게 생긴 남자들에게 둘러싸여 있었다. 아무래도 그곳은 망한 슈퍼마켓 같았는데, 아냐는 낡은 쇼핑 카트에 태워진 상태로 당장에라도 울음을 터뜨릴 듯이 "어흐으읍." 하고 신음하고 있었다.

"설마 〈황혼〉의…?"

"모르겠습니다. 수상한 통신의 발신원인 방에 있기에 혹시나 해서."

"좋아. 인질로 써먹을 수 있다면 이 녀석을 방패 삼아 외무 장관의 가발을 〈황혼〉 본인이 직접 가져오게 하지."

"…보스, 가발은 이제 포기하시는 게…."

아직도 가발에 집착하는 에드거의 말에 부하가 문득 토를 달았다.

그러자 에드거는 그 부하에게 권총을 겨누더니 망설임 없이 방아쇠를 당겼다.

피슉.

에드거가 소리 안 나는 권총을 쐈다.

털썩…. 부하가 쓰러지는 소리만 건물 안에 울렸다.

"정치는 투명성이 생명이야. 가발은 부적절해. 게다가 장관은 웨스탈리스의 편이나 드는 매국노다. 매국노를 옹호하는 놈 역시 매국노야."

아냐는 드디어 동경하던 소리 안 나는 권총을 보게 되었지만, 나쁜 생각만 하는 에드거의 마음을 읽자 몸이 벌벌 떨렸다.

'진짜 나쁜 사람…!!!'

그때 차 한 대가 건물 앞에 도착했다.

"보스! 그 집을 감시하던 구엔 일행이 돌아왔습니다!"

구엔이라 불린 까까머리 남자가 슈트를 입은 로이드를 들쳐 메고 왔다.

그러고는 손발을 묶고 얼굴에 종이봉투를 뒤집어씌운 상태로 바닥에 내동댕이쳤다.

"그래, 잘했다."

"으으…. 일반인의 움직임이 아니었습니다…. 진짜예요…!"

구엔은 비틀거리며 로이드가 얼마나 강했는지 설명했다.

"저쪽에서 쉬고 있어." 동료의 말에 비틀거리며 그 자리를 뒤로 하는 구엔의 모습을, 아냐는 하고 싶은 말이 있는 듯한 눈으로 좇았다.

"자, 그럼 〈황혼〉. 가로챈 가발의 사진을 돌려주실까?"

에드거는 그렇게 말하며 로이드의 얼굴에 씌워져 있던 종이 봉투를 벗겼다.

하지만 안에서 나타난 것은… 입에 재갈을 문 구엔이었다.

"구엔?!?!"

"어, 어떻게 된 거지?!"

당황한 남자가 주변을 둘러보니, **로이드**를 들쳐 메고 온 **구엔**뿐만 아니라 아냐까지 밧줄만 남긴 채 방에서 사라져 있었다.

"설마, 또…!"

에드거는 또다시 로이드에게 속았다는 사실을 알아채고 분노했다.

구엔으로 변장한 로이드는 아냐의 입에 붙어 있던 테이프를 떼어 내고 품에 안은 채 달리고 있었다.

자신의 집에서 한 번 쓰러뜨렸던 구엔에게 다시 공격당한 로이드는 그 공격을 피하고 구엔을 때려눕힌 후, 구엔과 옷을 바꿔 입고 아냐를 구하러 온 것이었다.

'실수다. 이런 위험을 무릅써 가면서까지 적지 한복판에 오다니…. 스파이로서 실격이야!'

'아버지….'

아냐가 품에 딱 달라붙었다.

아냐는 조금 전까지 무서운 일을 겪었던 것이나 아버지가 구하러 와 줘서 안심한 것 등등이 뒤섞이면서 폭발해 큰 소리로 울음을 터뜨렸다.

"아부아~~~~~!!!"

"어어? 괜찮아! 아저씨, 아무것도 안 해!! 안 무서워~!"

로이드는 구엔인 척을 하며 아냐가 되도록 무서워하지 않게 달랬다.

그럼에도 아냐가 울음을 그치지 않아서 '이래서 애들은….' 하고 짜증을 낼 뻔했지만, 자신의 품 안에서 떨고 있는 작은 등을 보자 어떠한 것이 떠올랐다.

'…그래. 아이가 울면 화가 나는 이유를 어쩐지 알 것 같아.'

로이드의 마음에 떠오른 것은 어릴 적… 전쟁터가 된 거리의 잔해 속에서 혼자 울부짖던 자신의 모습이었다.

'어릴 적의 내가 떠오르기 때문이야. 아무도 도움의 손길을 내밀어 주지 않는 고독과 절망, 그저 우는 것 말고는 할 수 있는 게 없는 무력감…. 버린 줄만 알았던 과거의 나와 무의식중에 겹쳐보고 있었던 거야. 아니, 그뿐 아니라….'

건물 밖으로 나온 로이드는 아냐를 내려놓고 구엔의 얼굴로 말했다.

"있잖아, 아가씨."

"아냐!"

"그래, 아냐. 아저씨들은 사실 프로 술래잡기 집단이거든? 소질 있어 보이는 사람을 발견하면 다짜고짜 도전해서 게임을 하는 거야."

"와아."

'아버지, 거짓말쟁이.'라고 생각하며 아냐는 가만히 듣고 있었다.

"잘 들어. 이 길로 곧장 가다가 오른쪽으로 돌아서 쭉 가면 경찰서가 있어. 경찰에게 이걸 주면 네가 이기는 거야. 알겠지?"

로이드가 건넨 것은 아냐가 보다 좋은 환경에서 보호받을 수 있도록 적은 메모였다. 오퍼레이션 〈올빼미〉는 아이에게 의존하지 않는 방법으로 변경하자고 로이드는 생각했다.

그 생각을 읽은 아냐는 화들짝 놀라 "아…." 하고 입을 열었

스파이가
됐던 거다.

지만, 로이드가 말을 가로막았다.

"자, 가 봐! 어서!"

로이드의 재촉에 못 이겨 아냐는 타다닥 달려 나갔다.

'…스파이로서 실격이라고? 아니. 내 실수는 저 아이를 위험에 말려들게 한 거다.'

아냐가 달리면서 뒤를 돌아보니, 로이드는 구엔으로 변장하기 위해 썼던 마스크를 벗으며 건물 안으로 돌아가고 있었다.

'그래…. 어린 내가, 아이들이 울지 않는 세계. 그걸 만들고 싶어서, 나는 스파이가 됐던 거다.'

너무나도 멋진 뒷모습이었다.

아냐는 눈을 반짝반짝 빛내며 로이드를 배웅했다.

망한 슈퍼마켓 안에서 에드거와 부하들은 로이드를 찾으려고 혈안이 되어 있었다.

"그 자식을 절대 놓치지 마라! 끌어내서 어떻게 생겼는지 낯짝 좀 구경하자!!"

하지만 최고의 스파이가 간단히 얼굴을 보일 리가 없었다.

로이드가 있는 층으로 달려든 한 남자가 발치에 설치된 와이어에 다리가 걸린 순간, 머리 위에서 대량의 하얀 가루가 쏴

아~ 하고 쏟아졌다.

"으악… 함정?!"

"이게 뭐야, 밀가루인가…?!"

직후에 투팍 하고 엄청난 소리가 나더니 한 남자가 쓰러졌다.

가루로 된 베일에 몸을 숨긴 채 날린 로이드의 주먹이 남자를 때려눕힌 것이다.

"화… 〈황혼〉?!"

남자 중 한 명이 총을 겨누자 다른 남자가 "쏘지 마! 폭발한다!"라며 제지했다. 자잘한 가루가 충만한 장소에서 불을 사용하면 공중에 있던 가루에 불이 붙어 폭발할 우려가 있기 때문이다.

그러던 중에 로이드의 목소리가 들려왔다.

"너희 삼류들은 내 그림자도 구경 못 할 거다."

가루투성이가 된 실내에 퍽, 빠악, 쿵 따위의 소리가 울렸다.

로이드는 에드거의 부하들을 모두 때려눕히고는 끝으로 "아니… 이게 말이 돼…?"라고 하며 멀거니 선 에드거의 뒤통수에 권총을 들이댔다.

"돌아보면 죽인다."

"…화, 〈황혼〉…!!"

"좋은 아침, 또는 좋은 밤이야, 에드거 씨. 카렌은 잘 있나?"

"네놈이 어떻게 내 딸 이름을…."

"알지. 그게 스파이가 하는 일이니까. 키, 체중, 발 사이즈, 좋아하는 음식부터 몸에 있는 점의 개수까지. 너에 비하면 귀여운 정도지만 어떤 범죄 행위들을 저질렀는지까지."

로이드는 조용한 목소리로 담담하게 카렌에 관해 말하며 에드거를 몰아세웠다.

"말도 안 돼! 내 딸이 그런…."

딸을 믿고 싶은 마음에 에드거는 부정하려 했지만 로이드가 말을 가로막았다.

"에드거, 네가 딸을 아끼는 건 잘 알고 있다."

끼릭끼릭 방아쇠 당기는 소리를 내며 마지막으로 위협적인 낮은 목소리로 말했다.

"잘 들어. 네 딸이 사소하고 평화로운 일상을 보내기를 바란다면, 두 번 다시 나를 건드리지 마라."

일을 마친 로이드는 망한 슈퍼마켓을 뒤로 했다.

그리고 얼마쯤 걷다가 깜짝 놀랐다.

모퉁이 옆에 아냐가 있었기 때문이다.

"아냐?!"

"아버지~~!!"

아냐는 로이드에게 달려가 다리에 매달렸다.

"네가 왜….."

로이드는 경찰서로 가라고 했던 아냐에게 뭐라 말을 하려다가 순간적으로 다른 말을 꺼냈다.

"아… 아니, 마음대로 나와서 뭐 하는 거야? 난 우연히 이 슈퍼마켓에 뭘 사러 왔는데, 가게가 망한 것 같더라고~"

'아버지 왕거짓말쟁이….'

마음속으로 딴죽을 걸고서 아냐는 로이드의 말에 장단을 맞췄다.

"…아냐 아저씨들이랑 술래잡기했어."

"그, 그래. 잘 놀았어?"

"……."

아냐는 입을 다문 채 로이드의 다리에 얼굴을 묻더니 작은 목소리로 말했다.

"좀 무서웠어. 아냐 집에 가고 싶어. 아버지랑 아냐 집에."

로이드는 잠시 생각에 잠겼다가 물었다.

"괜찮… 겠어…?"

"혼자 두고 가면 아냐 눈물 나와."

로이드는 네 번이나 입양되었다가 파양되었다는 아냐의 과거를 떠올렸다. 그러고는 토닥토닥 아냐의 머리를 쓰다듬었다.

"그래. 그럼 돌아가자."

도시가 노란 저녁놀로 물든 가운데, 로이드와 아냐는 노면전차를 타고 있었다.

"하지만 그 집은 위험하니까 이사 가자. 어제 독사가 나왔거든."

"뱀 싫어."

로이드의 말에 장단을 맞춰 주며 아냐는 생긋 웃었다.

'아버지는 아주아주 거짓말쟁이. 그래도….'

'멋진 거짓말쟁이!'

그렇게 오늘도 일시적인 부녀의 대화는 계속되었다.

"아냐 성에 살고 싶어."

"파는 게 있다면. 그리고 새집으로 이사하면 공부하기다."

"무앗?!"

"이번엔 답안지를 보고 외우기만 하면 돼."

◇

"그럼, 시험 시작!"

이든의 입학시험이 시작되었다.

많은 이들이 동경하는 명문 학교인 만큼 시험장에는 전국에서 온 아이들이 모여 있었다.

'부탁한다, 아냐! 힘내라…!'

로이드도 지금은 회장 밖에서 기도할 수밖에 없었다.

아냐는 로이드의 마음에 답하기 위해 기합을 넣고 주변 아이들의 마음을 읽으려 했다. 하지만 다들 시험에 매우 고전하고 있었고….

그 때문에 아냐는 얼굴이 파랗게 질려서 울음을 터뜨릴 뻔했다. 하지만 그때, 로이드와 함께 노력했던 시간들이 머리에 떠올랐다.

아냐는 정신을 바짝 차리고 시험지를 보았다.

그러고는 로이드가 손가락으로 짚어 가며 가르쳐 준 답을 열심히 기억해 내서 적어 나갔다.

그리고 합격 발표 당일.

"K-212, K-212…."

아냐의 수험 번호를 둘이서 필사적으로 찾아보니….

"있다!! 합격이야!!"

놀랍게도 아냐는 합격했다.

"잘했어!"

"아냐 장해?"

"장하다, 장해!"

평소에는 냉정한 로이드도 아냐를 안아서 머리 위까지 들어 올리며 기뻐했고….

그 직후에 비틀거리다가 쓰러져 버렸다. 합격했다는 사실을 알고 긴장이 풀린 것인지, 다리까지 풀려 버린 것이다.

"아버지~!!"

로이드는 쓰러진 채 시선 끝에 펼쳐진 하늘을 바라보았다.

'긴장을 풀었다고? 〈황혼〉이…? 어떻게 된 모양이군….'

집으로 돌아와서도 로이드는 한동안 소파에 축 늘어진 채 꼼짝도 안 했다.

잠들어 버린 로이드를 보고 아냐는 중얼거렸다.

"아버지 죽어 버렸어."

그때 찌릉찌릉찌르릉~ 벨소리가 울렸다.

"우편물 왔어요~"

아냐가 현관문을 열자 우편 배달원 아저씨가 한 통의 편지를 건네주었다.

"포저 씨?"

"아냐 포저예요."

"이거, 아빠나 엄마한테 전해 드리렴."

"어머니 존재 안 해요."

"?! 그, 그래… 미안하다…."

괜한 소리를 했다는 생각에 우편 배달원은 미안해하며 돌아갔지만 아냐는 신경도 안 썼다.

"아버지~ 우편 배달원 왔어~"

오도도…. 로이드에게 달려가 편지로 찰싹찰싹 얼굴을 때렸다.

우편물.

이런,
다시 정신을
바짝
차려야지
...!!

다른 사람
앞에서
잠들어
버리다니!!

너 뭐야,
내 목숨을
노리고 있냐?!

으악
─?!

그럼에도 로이드는 일어나지 않고 쿨~ 쿨~ 고른 숨소리를 내고 있었다.

그런 **아버지**를 바라보던 아냐는 꼬물꼬물 그 품 안으로 파고들어가… 로이드에게 딱 붙어서 누웠다.

로이드의 따스한 체온에 안긴 채, 아냐는 행복한 미소를 지었다.

하지만 다음 순간, "**우어어어~?**"라는 큰 소리가 들리더니 벌떡 일어난 로이드가 말을 쏟아냈다.

"뭐야, 너! 내 목숨을 노리고 있냐?!"

로이드는 허억, 허억, 숨을 헐떡였다.

스파이면서 다른 사람 앞에서 잠들어 버린 자신에게 충격을 받은 것이다.

'이런, 다시 정신을 바짝 차려야지…!'

아냐는 "우편물."이라고 하면서 로이드에게 편지를 건넸다.

"아아, 이든 칼리지인가."

로이드는 마음을 다잡고 편지를 펼쳤다. 하지만 그 직후에 움직임이 딱 그쳤다.

"왜 그래, 아버지?"

"2차 시험 안내… 삼자면담이군. '**반드시 부모와 아이, 셋이**

서 출석할 것. 예외는 인정하지 않음.'"

로이드는 눈살을 찌푸렸다.

아냐도 쿠~웅 하고 충격을 받고는 그날 두 번째로 "어머니 존재 안 해."라는 말을 중얼거렸다.

어느 날 로이드는 정보상인 프랭키를 불러, 시험 삼아 여성 으로 변장시켜 보았다.

어쩌면 아냐의 어머니 역할을 시킬 수 있지 않을까.

하지만 결과물은 화장을 떡칠한 털 뭉치 같은 프랭키였 고….

"안 되겠군."이라고 로이드가 말했다.

"아냐 이 어머니 싫어."라고 아냐도 말했다.

"어머니 역할은 너한테 무리인가 보다, 프랭키."

"네 기술이면 더 감쪽같이 변장할 수 있잖아?! 안 그래?!"

늘 완벽하게 변장하는 로이드에게 프랭키가 따지자, 로이드 는 냉정하게 "키와 체형에는 한계가 있으니까."라고 말했다.

"기껏 도와주러 왔더니만!!"

"땅콩 줄게."

아냐는 위로라도 하듯이 프랭키에게 땅콩 하나를 내밀었다.

로이드는 소파에 앉은 채 생각에 잠겼다.

오퍼레이션 〈올빼미〉는 오스타니아의 요인 데스몬드의 전쟁 계획을 막기 위해 웨스탈리스 정보부 첩보원인 〈황혼〉에게 내려진 극비 임무다.

데스몬드의 아들이 다니는 명문 이든 칼리지에 잠입하기 위해 아냐를 필기시험에 통과시켰건만, 부모가 모두 출석해야 하는 면담이라는 다음 벽이 나타났다.

로이드는 각오를 굳혔다.

"…어쩔 수 없지. 구혼 활동이나 해 볼까."

SPY×FAMILY

제2화 파트너를 찾아라

"들었어? 우리 청사에 도둑이 들었을지도 모른대."

오스타니아 수도 배린트 시청의 탕비실에서 여성 직원들이 소문에 관한 이야기를 하고 있다.

"여직원 개인 정보가 있는 선반만 털어 갔다나 봐. 이상하지 않니? 범인 변태 같아."

"범인보다 과장이 더 징그러워. 오늘도 아침부터 음흉한 눈으로 끈적~~하게 쳐다보지 뭐야."

"그렇게 짧게 입고 다니니 그렇지."

"왜~ 남친이 얼마나 좋아하는데!"

이야기꽃을 피우고 있는 것은 사무원인 카밀라, 밀리, 샤론 이었다.

카밀라는 곱슬머리에 화려하게 생겼고, 밀리는 최신 유행으로 꾸몄으며, 샤론은 차분한 분위기에 몸매가 좋은 여성이다.

그리고 세 사람의 옆에서 윤기 나는 긴 검은 머리를 헤어밴드로 묶은 키 큰 여성… 요르가 상사가 마실 커피를 끓이고 있었다.

"요르 선배는 어떻게 생각해요? 징그럽지 않아요?"

"네?"

갑자기 말을 걸자 요르는 멍한 투로 답했다.

커피를 따르는 요르에게 카밀라는 농담을 했다.

"그거 과장 커피예요? 코딱지 넣을까?"

"네? 코딱지를 넣으면 더 맛있어지나요? 몰랐어요."

"……."

진지하기 그지없는 답변에 카밀라는 어이없어하며 말했다.

"요르 선배는 뭐라고 해야 할지… 참 개성적이네요."

그러자 밀리가 맞장구를 쳤다.

"맞아~ 하도 4차원이라 남자가 얼씬도 안 할 것 같아~"

"얘, 밀리."

샤론이 말려도 카밀라와 밀리는 멈추지 않았다.

"요르 선배는 바탕이 괜찮아서 잘만 꾸미면 인기 폭발일 텐데~"

"저는 일만 계속할 수 있으면 그걸로 충분해요."

"그치만~ 선배 이제 스물일곱이죠? 조심해야 할 거예요. 요즘 스파이가 많이 돌아다닌다잖아요~ 그래서 사소한 일로 신고 당하는 사람이 많대요. 지난번에~ 서른쯤 되는 독신 여성이 이웃 사람한테 '수상하다'는 이유로 신고당했다지 뭐예요~?"

"어머~ 뭐야, 웃긴다~"

"하긴 그 나이에 독신은 좀 아니지~ 진짜 허전하겠다~"

"수상해, 수상해."

카밀라 일행은 신이 나서 요르를 놀렸다.

하지만 요르는 딱히 신경 쓰지 않고 진지하게 대답했다.

"그렇군요. 충고해 줘서 고마워요!"

"……"

"참. 이번 주말에 우리 집에서 파티할 건데요. 요르 선배도 시간 나면 오세요! 꼭 파트너랑 같이!"

카밀라는 반응이 영 시원치 않은 요르를 짓궂은 말로 초대

했다.

　요르는 시내에 위치한 아파트에서 혼자 살고 있다.

　빨간 오프 숄더 니트 원피스를 입고 쉬던 중에 따르릉~ 하고 전화벨이 울렸다.

　[누나, 잘 지내?]

　수화기를 들자 동생인 유리의 목소리가 들려왔다.

　유리는 누나에게 별일 없는지 늘 걱정하고는 했다.

　"응, 그래, 괜찮아. 일은 잘 하고 있어."

　[누나는 좀 별나서 걱정이란 말이야.]

　"펴… 평범하거든? 무슨 소릴 하는 거야!"

　[누난 결혼 같은 거 안 해? 좋은 사람 없어?]

　또 그 얘기…. 요르는 말문이 막혔다. 하지만 유리는 그대로 말을 이었다.

　[실은 내가 이번에 승진할지도 모르는데. 지금보다 눈코 뜰 새 없이 돌아다녀야 할 것 같거든. 그런데 누나를 혼자 놔두기도 좀 그래서 제의를 받아들여야 하나 고민 중이야…. 지금의 내가 있는 건 누나 덕분이잖아. 감사하고 있어. 그래서 누나가 행복해졌으면 해.]

"…나도 알아. 고마워, 유리."

동생의 따뜻한 마음이 전해져서 요르는 기쁨으로 가슴이 벅차올랐다.

하지만 [내가 누구 소개시켜 줄까?]라고 묻는 바람에 허둥지둥 변명을 했다.

"어?! 괜… 괜찮아! 사실은 주말에 파티에 갈 거거든! 물론 파트너랑 같이!"

엉겁결에 요르는 거짓말을 해 버렸다.

[뭐? 남친 있었어?!]

"그… 그래, 아하하…. 그러니까 안심해."

[그렇구나~ 다행이야~ 직장 동료들 파티지?]

"맞아, 맞아."

[그럼 나중에 도미니크 씨한테 어떤 사람이었는지 물어봐야지~]

"뭐?"

도미니크란 사람은 요르의 동료이자 카밀라의 연인으로, 유리의 이웃이기도 한 남성이다.

[누나는 잘 속아 넘어가니까. 형편없는 놈이면 쫓아 버려야지.]

"어… 저기…."

이야기를 돌리려고 한 말인데 더 복잡해지는 바람에 요르는 식은땀을 흘렸다.

[괜찮은 사람이란 걸 알 때까지 승진은 보류할게.]

"그러지 않아도 괜찮…."

[기대할게! 그럼 잘 자!]

유리는 기운찬 목소리로 말하더니 전화를 끊었다.

수화기를 내려놓으며 요르는 마음속으로 외쳤다.

'어떡하지? 파티까지 누군가를 찾아야 할 텐데…!'

만약 거짓말이라는 게 들키면 '괴짜 누나'에 '허언증'까지 겹쳐서 더 못 미더워 보일 거다.

'동생의 승진을 위해서라도 어떻게든 좋은 사람을….'

안절부절못하고 우왕좌왕하고 있자 다시 전화벨이 울렸다. 요르는 유리인 줄 알고 곧장 수화기를 들고 말했다.

"유리, 아니야! 아까 한 말은 농담이고…."

[어라, 웬일로 남매끼리 싸우기라도 했나요?]

수화기 너머에서 들려온 것은 낯익은 목소리였지만 유리의 것이 아니었다.

요르는 허둥지둥 사과했다.

"앗?! **점장님**…?! 죄송합니다, 제가 착각을 했어요…."

[안녕하세요. '손님'이 들어오셨어요. 〈가시공주〉.]

그 목소리는 요르를 〈가시공주〉라 불렀다.

[로열 호텔 1307호입니다.]

그 말이 끝날 즈음, 요르의 표정은 완전히 딴판으로 변해 있었다.

앞머리 안쪽에 자리한 눈동자에서 빛이 사라졌다.

요르는 드레스로 갈아입고 지정된 호텔로 향했다.

얼핏 보면 고상해 보였지만 앞은 허벅지가 드러날 정도로 기장이 짧고 진홍빛 안감이 눈에 띄는 검은 드레스에, 무릎 위까지 올라오는 검은 롱부츠를 신었다.

구두 소리를 내며 엘리베이터를 타고 13층으로 올라가자, 슈트 차림의 덩치 큰 남자들이 제지했다.

"실례합니다, 레이디. 이 층은 현재 전층 사용 중이라서…."

"누가 여자 불렀어?"

"글쎄?"

예정에 없는 방문자인 요르를 남자들은 쫓아내려 했다.

하지만 요르는 커다란 가시 같은 무기를 우아하게 꺼내더

니….

"저기, 하지만 여기 매국하시는 새끼님이 계시다는 말을 들었는데…."

남자들과 1307호의 문을 박살 내며 방 안으로 쳐들어갔다.

"무슨 일이냐?!!"

"습격입니다! 웬 여자가… 컥!!"

안에 있던 이에게 위험을 알리던 남자를, 요르는 가차 없이 무기를 던져 꿰뚫었다.

"저기… 감사국의 브레넌 차관님… 맞으시죠…?"

타깃인 남자에게 말을 걸고는 대답도 듣지 않고 말을 이었다.

"대단히 죄송하지만… 숨통을 끊어 드려도 되겠는지요?"

암호명 〈가시공주〉… 여자는 암살자였다.

그녀는 어린 시절부터 온갖 살인술을 배우고 고용주가 시키는 대로 더러운 일을 맡아서 해 왔던 것이다.

온통 피바다가 된 방 안에서 철벅철벅 소리만 울려 퍼졌다.

일을 마치고 평소의 표정으로 돌아온 요르가 세면대에서 피 묻은 손을 씻고 있었다.

그러다가 드레스가 찢어진 것을 알아채고는….

"어떡하지? 외출복은 이거 하나뿐인데…!!"

주말에 초대받은 파티에 못 가면 어쩌나 걱정하기 시작했다.

요르는 깊은 한숨을 내쉬었다.

그러고는 '좋은 사람 없어?'라는 동생의 말과 '그 나이에 독신은 좀 아니지~'라는 동료의 말을 떠올리고는 숨을 거둔 남자들 앞에서 중얼거렸다.

"…무리야. 난, 집안일은 정리 정돈밖에 못 하니까…."

로이드와 아냐가 사는 아파트에서는 이든 칼리지 면접시험을 위한 어머니 역할 찾기 작업이 계속되고 있었다.

"어머니 찾기 어려워?"

"으~음, 쉽지가 않네."

"이대로 있으면 아냐 북슬북슬네 아이가 되는 거야?"

아냐가 말한 순간, 프랭키가 산더미처럼 많은 서류를 가지고 들어왔다.

"애 딸린 홀아비라도 좋고, 명문 학교에 어울리는 기품이 있으며, 48시간 이내에 수속이 가능한 여자…? 그런 여신이 있으면 나나 소개시켜 주라!"

"북슬북슬!"

"시청에서 독신 여성 명단을 복사해 왔어."

"고맙다."

거실에 있는 테이블에 자료가 왕창 쌓였다.

"난 사람 가리지도 않는데 데이트도 못 해 봤다고!"

"가엾기도 하군….."

"가엾다고 하지 마!"

툴툴거리는 프랭키를 로이드가 동정하는 눈으로 쳐다보았다.

그러던 참에 아냐가 불안한 듯이 눈치를 보며 말했다.

"…애 딸린 홀아비 인기 없어? 아냐 있으면 방해돼…?"

"방해는 무슨. 네 입학 때문에 사람을 찾는 건데."

로이드는 아냐의 머리를 쓱쓱 쓰다듬었다.

"걱정 말고 TV라도 보고 있어."

"위."

아냐가 들떠서 TV를 보기 시작하자 프랭키가 로이드에게 목소리를 낮춰서 물었다.

"그보다, 왜 너희 조직 여자 첩보원을 쓰지 않고?"

"지난번 스파이 사냥 때 많이 당했거든. 적임자가 없어. 인원이 너무 모자라서 추가로 다른 임무가 나한테 넘어오는 판이라고. 어느 밀수 조직의 괴멸…."

"사람 너무 부려 먹는 거 아냐?!"

프랭키는 가장 손쉬운 상대는 사연 있는 여성이고, 약점을 잡아 움직이는 것도 방법이라고 추천했지만 로이드는 "위험 요소는 되도록 피해야지."라고 답했다.

"무슨 소릴 하는 거야? 저것만 해도 상당한 위험 요소잖아. 도저히 귀한 집 따님으로는 안 보인다고."

프랭키는 TV에 매달려 있는 아냐를 가리키며 말했다.

그건 그렇지…라고 생각한 로이드는 겉모습만이라도 손을 보기로 마음먹고 아냐를 데리고 도시에 있는 의상실에 가보기로 했다.

"그럼 치수를 재야 하니 아가씨는 이리 오세요."

"아냐 팔려가?"

"착하게 굴면 안 팔아."

흉흉한 소릴 하는 아냐를 보고 로이드는 한숨을 내쉬며 "저런 말을 어디서 배웠는지."라고 중얼거렸다.

재봉소에서 빙글빙글 돌며 줄자를 대 보는 아냐를 지켜보며 로이드는 가게에 있는 여성들을 확인했다.

'봉제사는… 기혼인가. 여주인은 아까 본 독신자 명단에 있었지만 과거에 정치 운동으로 체포된 경력이 있어서 위험도가 높다. 그리고 나이도 좀 많아. 조건에 맞추려니 적합한 사람을 찾기가 쉽지 않….'

거기까지 생각한 참에 한 여성이 가게의 카운터에서 말했다.

"실례합니다~"

여성이 자신의 등 뒤에 홀연히 나타나는 바람에 로이드는 몸을 움찔했다.

여성은 단골손님인지 점원이 친근하게 말을 걸었다.

"어머, 요르 씨, 오랜만에 왔네."

"안녕하세요. 드레스를 수선하려고 하는데요. 시간이 없는데 빨리 될까요?"

'이렇게 쉽게 내 등 뒤를…. 정체가 뭐지…?'

늘 주변에 신경을 곤두세우고 있는 로이드가 알아채지 못하게 보통 사람이 접근하는 것은 불가능한 일이었다. 로이드는 경계하며 머릿속으로 그녀의 정보를 검색했다. 한 번 본 정보는 모두 사진처럼 기억하고 있는 것이다.

'요르… 요르….'

'있다. 요르 브라이어. 27세, 결혼, 이혼 경력 없음. 부모는 모두 타계. 터울이 큰 남동생이 하나. 둘 다 공무원이며 경력상 불미스러운 점은 없다.'

요르의 정보에 이상한 점은 없었다. 그런데 어째서 기척을 못 느낀 걸까?

'…방심했을 뿐인가. 요즘 정신이 해이해져서….'

로이드는 납득하려 했다.

하지만 그때, 요르가 로이드에게 말을 걸어 왔다.

"저… 좀 전부터 힐끔힐끔 쳐다보시는데… 무슨 일이시죠?"

"아… 아뇨, 너무 아름다운 분이시라서…. 죄송합니다."

시선을 보내고 있다는 것까지 들켰다는 사실에 로이드는 당황해서 답했다.

하지만 그 말을 들은 요르는 어째서인지 로이드의 얼굴을 빤히 들여다보았다.

"그건, 제 용모에 호감을 느꼈다는 말인가요…?"

"네? 뭐… 네."

요르의 머리에 '요르 선배는 바탕이 괜찮아서 잘만 꾸미면 인기 폭발일 텐데~'라던 카밀라의 말이 떠올랐다.

혹시 이 사람이라면 주말에 있을 파티에 같이 가 주지 않을까?

요르는 결심을 굳히고 부탁해 보려 했지만….

덧없는 기대는 금세 박살 나고 말았다.

아냐가 로이드에게 달려온 것이다.

"아버지~! 아냐의 길이 판명됐어~!"

'아이가 있었구나…!'

하마터면 남의 배우자를 유혹할 뻔했다는 생각에 요르는 당황했다.

'그런 행위를 하면 부인에게 살해당한다는 이야기를 들은 적이 있어요…. 뭐, 나라면 반대로 그쪽을 죽이겠지만.'

위험한 생각이 머리에 떠올라서 '안 돼요!' 하고 생각을 바꿨다.

'이런 생각을 하다간 언젠가 누군가에게 암살자라는 걸 들키고 말 거예요….'

요르는 좀 더 '평범한 사람'이 되어야겠다고 반성했다.

하긴 나라면 반대로 그쪽을 죽일 테지만.

파직

하마터면 남의 배우자를 유혹해 버릴 뻔했네요.

그런 행위를 하면 부인에게 살해당한다고 들은 적이 있어요.

다른 손님.

누구야?

아이가 있었구나…!

좀더 '평범한 사람'이 되어야지!

…아니야, 이런 생각을 하다간 언젠가 누군가에게 **암살자**라는 걸 들키고 말 거예요….

암살자…!!

아…

하지만 그 바로 옆에서 두~웅 하고 충격을 받은 소녀가 있었다.

물론 아냐다.

'아… 암살자…!'

아냐의 눈앞에 '스파이'와 '암살자'가 모여 있다.

오락에 굶주려 있는 아냐는 예상치 못한 사실에 눈을 반짝반짝 빛냈다.

'두근두근!!'

심지어 바로 그때 로이드와 요르의 마음속 목소리가 들려왔는데….

'잘하면 아내 역할을 구할 수 있겠다 싶었지만, 눈치 빠른 사람은 위험하니 그만두자.'

'잘하면 파티에 함께 갈 연인 역할을 구할 수 있겠다 싶었지만, '막장'은 피해야지.'

로이드와 요르는 '잘하면' 하고 거의 비슷한 생각을 하고 있었다.

그 사실을 알게 된 아냐는 두근두근한 상황을 위해 몸을 배배 꼬며 연기를 하기 시작했다.

"아아~ 아냐는 어머니 없어서 쓸쓸해~"

"갑자기 왜 그래?!"

로이드가 딴죽을 걸어도 아냐는 몸만 배배 꼬았다.

"어머니란 존재가 그리워~"

아냐의 말을 들은 요르는 로이드에게 물었다.

"부인께서 안 계신가요?"

"아아, 그게, 아내와는 2년 전에 사별해서⋯. 지금은 저 혼자 이 녀석을 키우고 있습니다."

'유혹해도 살해당하지 않는다고⋯?!'

요르는 이 사람이라면 괜찮겠다는 생각에 큰맘 먹고 부탁을 해 보았다.

"⋯연인 행세를요?"

"그렇게 됐어요. 남동생에게 연인이 있다고 거짓말을 해 버려서⋯. 민폐가 아니라면 함께 파티에 가 주실 수 있을까요⋯? 무슨 딴 생각이 있어서는 절대 아니고. 물론 사례도 할게요! 저는 그저 동생이 걱정할까 봐⋯."

가게를 나서며 요르는 쭈뼛거리며 이야기했다.

로이드는 "알겠습니다."라고 말하더니 "단, 교환 조건이 있어요…." 하고 자신의 부탁을 말했다.

"…그런 사정이 있어서 대신 저도 학교 면접 때 어머니 역할을 부탁했으면 합니다."

이든 칼리지의 입시에 관한 설명을 끝낸 로이드는 주먹을 꽉 움켜쥐고서 열띤 대사를 읊었다.

"요즘처럼 미래가 불확실한 시대에, 딸을 어떻게든 좋은 학교에 보내고 싶어요. 그게 죽은 아내의 뜻이기도 합니다…!"

'아버지 거짓말쟁이.'

아냐는 눈을 동그랗게 뜨고서 태연하게 연기를 이어 가는 로이드를 올려다보았다.

"한 번만이라도 좋으니 도와주실 수 있을까요?"

로이드의 진지한 눈빛을 보고 요르는 생각했다.

'정말 좋은 분이시구나…!'

"아… 알겠어요. 제가 할 수 있는 일이 있다면…!"

"고맙습니다. 그럼 우선 토요일 파티에서 뵙죠!"

"네!"

'우선 작은 요구를 받아들이게 한 다음, 최종적으로 정식 결혼 승낙까지 받아 내 주지…!'

로이드는 그렇게 생각했지만, 그런 본심을 감춘 채 생긋 다정한 미소를 지었다.

◇

파티 날 밤, 아냐는 집을 보고 있게 되었다.

"토요일에는 베이비시터가 올 테니까 얌전히 있어야 해."

"땅콩 많이 사 놔."

"알았다, 알았어."

슈퍼마켓에서 로이드와 아냐가 장을 보던 중, 계산원 아저씨가 이상한 투로 말을 걸었다.

"거스름돈은 10펜트개굴. 또 오세개굴."

"개굴?"

이상한 어미(語尾)를 아냐가 되풀이했다.

로이드는 건네받은 10펜트 동전을 핑 하고 손가락으로 튕기며 생각했다.

'T… 아니, F암호인가.'

거스름돈으로 받은 동전 안에는 스파이 암호가 들어 있었다.

76

집으로 돌아와 동전 안에 든 아주 작은 종이를 꺼내, 한쪽 눈에 확대경을 끼고서 들여다보니 그곳에는 추가 임무의 정보가 적혀 있었다.

무수히 많은 숫자열을 F암호로 해독해 보니… **'웨스탈리스에서 도둑맞은 미술품 회수 및 밀수 조직 괴멸. 실행은 표적이 바이어와 접촉하는 토요일 18시'**라고 되어 있었다.

"토요일…?!"

그것은 요르와 약속한 파티와 같은 날, 같은 시간대.

공교롭게도 예정이 겹치고 만 것이다.

"…그런고로 파티에 늦지 않기 위해 후다닥 해결한다. 도와 줘."

로이드가 끌고 온 사람은 바로 프랭키였다.

온몸을 검은 옷으로 꽁꽁 싸맨 두 사람은 건물 위에서 상황을 살폈다.

현장은 부두에 늘어선 창고 중 하나였다.

"잠깐, 잠깐!! 나는 그냥 정보원이라 전투력은 쓰레기라고!!"

"총액 300만 다르크 상당의 미술품 78점… 한두 개 정도 없어져도 모를 텐데…."

로이드가 그렇게 중얼거리자 툴툴대던 프랭키의 태도가 확 바뀌었다.

"나만 믿어. 내가 또 이런 날을 위해 새로운 스파이 아이템을 발명해 뒀거든."

로이드는 생각했다.

'편리한 녀석….'

그 무렵, 역 앞에서는 사정을 모르는 요르가 로이드를 기다리고 있었다.

"로이드 씨가 늦네요. 사고라도 당한 게 아니라면 좋겠는데…."

하지만 바로 그 순간, 로이드는 프랭키와 함께 작전을 결행하고 있었다.

우선 창고에 숨어들어 미술품을 회수. 하지만 당연히 밀수 조직원들이 응전했다.

"거기 서, 인마!!"

"어디서 온 놈이냐!!"

탕탕 총성이 울린다.

"히익! 저렇게 많다는 말은 안 했잖아!!"

"2, 4, 6… 38명인가. 한 명당 10초 이상 들이면 안 되겠군."

　필사적으로 도망치는 프랭키 옆에서 로이드는 추적자들을 마구 쓰러뜨렸다.

　계속해서 적의 증원이 밀려들었지만, 두 사람은 간신히 차에 탔다.

　차를 운전하는 로이드의 옆에서 프랭키는 신이 나서 가져온 가방을 열어보았다.

　미술품 중에는 굵직한 보석이 박힌 장신구도 잔뜩 있었다.

　"어디 보자~ 뭘 가져갈까~?"

　"이건 내가 가져가지."

　로이드가 옆에서 손을 뻗어 반지 하나를 집어 들었다.

　"아~ 다이아몬드!! 치사하게 비싼 걸 고르냐!"

　"위장할 때 쓸 거야."

　"시끄러, 내놔!!"

　그때….

　추적자들이 탄 차가 미끄러지는 소리를 내며 로이드 일행이 탄 차 앞으로 끼어들었다.

　콰앙…!!!

　차는 커다란 소리를 내며 충돌했다.

휘우우우우!

밤의 거리에 차가운 바람이 불어닥쳤다.

요르가 코를 훌쩍거리며 손목시계를 확인해 보니 19시 반을 가리키고 있었다.

'…그래, 이게 '농락당했다'는 거군요. 하지만 동생을 위해서도 직장에서 좋은 인간관계를 유지해야 하는데…. 그러니 파티에 결석할 수는 없어요.'

요르는 로이드를 기다리는 걸 포기하고 혼자서 카밀라의 집으로 향했다.

"늦었네요, 요르 선배~!"

카밀라가 문을 열고 맞아 주었다.

파티는 이미 시작되었고, 밀리와 샤론은 와인글라스를 든 채 즐거운 시간을 보내고 있었다.

"미안해요. 이거, 선물이에요."

"어머~ 남자친구랑 같이 온다고 들었는데~?"

카밀라가 혼자서 온 요르에게 빈정거리는 투로 말했다.

"급한 볼일이 생긴 모양이에요…."

"너무 아쉽다~ 보고 싶었는데~"

둘러대도 카밀라 일행은 믿지 않고 쑥덕거리기 시작했다.

"변명하는 거 들었어?"

"어우~ 구차해."

"갑자기 남친 있다고 할 때부터 허풍일 줄 알았어."

파티에는 그녀들 이외의 직장 동료도 가족이나 파트너와 함께 참가했다.

요르는 어쩌면 좋을지 모르겠어서 방구석에 있는 소파에 오도카니 앉았다.

그때 도미니크가 밝은 목소리로 말을 걸어 주었다.

"이야, 요르 씨 남자 친구가 어떤 사람일지 진짜 기대했었는데. 유리가 하도 누나 걱정을 해서 말이야."

요르는 화들짝 놀랐다.

유리가 이 사실을 알게 된다면 또 걱정할 거다.

"도미니크 씨! 동생한테는 그게… '좋은 사람 데려왔다'라고 말해 주시면 안 될까요?"

하지만 그때 카밀라가 끼어들더니….

"어머~ 그런 게 어딨어!! 그렇게까지 허세 부리고 싶어요, 선배~?! 괜히 마음만 더 비참해질 걸요~?"

대놓고 비아냥거리기 시작했다.

"그만해, 카밀라."

"동생분한테는 솔직하게 '혼자 왔다'고 해 둘게요."

카밀라의 말에 요르의 마음은 축 가라앉았다.

'…그런 짓을 한다고 이 사람한테 무슨 이득이 있을까요? 이제 다 귀찮네요….'

요르는 손목의 뼈를 우득 하고 꺾었다.

'여기 있는 사람을 다 죽여 버리면, 동생한테 말이 새어 나가지….'

순간, 요르의 마음속에서 커다란 살기가 부풀어 올랐다. 하지만 이내 도리도리 고개를 가로저었다.

'아니, 아니… 안 돼요.'

"미안, 그럼 파티 즐겨요!"

도미니크가 마음을 써서 카밀라를 요르에게서 떨어뜨려 놓았다.

방의 중심에서는 게스트들이 저마다 파티를 즐기고 있었다.

동료들과 테이블을 둘러싸고 파트너나 아이들과 함께 웃음을 주고받고 있다.

그 모습을 요르는 구석에서 바라보았다.

같은 방에 있는데 매우 먼 곳에 있는 풍경처럼 느껴졌다.

'…저런 게 분명 '보통'이겠지….'

'유리는 내가 저런 사람이 되어 주길 바랐을 거야.'

그때 카밀라 일행이 키득키득 웃는 소리가 들려왔다.

"저 사람 아직도 안 갔네?"

"강철 멘탈이야."

"애초에 혼자 온 게 대단하다."

요르는 생각했다.

'…그래. 내 분수에는 안 맞는 자리였나 봐요….'

그러고서 스윽… 소파에서 일어났다.

"죄송하지만. 저는 이만 실례…."

그때였다.

콰앙!

문이 벌컥 열리더니 로이드가 들어왔다.

번듯한 슈트로 갈아입기는 했지만 이마에서 피가 철철 흐르고 있었다.

"늦어서 죄송합니다. 요르의 남편 로이드 포저입니다."

갑작스러운 등장. 그리고 엄청난 출혈.

그리고 '남편'이라는 단어에, 방에 있던 사람들은 넋이 나가

버렸다.

"저기… 남편이 아니라 연인인데요…."

요르의 귓속말을 듣고서야 로이드는 다른 임무의 내용과 섞였다는 사실을 알아챘지만 주워 담기에는 이미 늦었다.

도미니크가 말을 걸어서 휘청거리면서도 연기를 계속해 나간다.

"포저 씨? 피가…."

"아아, 신경 쓰지 마십시오."

"포저 씨, 직업이 혹시 스턴트맨 같은 건가요…?"

"정신과 의사입니다."

"의사…."

"실례했습니다. 갑자기 들어온 환자가 난동을 좀 피워서. 자주 있는 일이죠."

피가 나는 이유를 이야기하며 로이드는 다정한 미소를 요르에게 보냈다.

"파티 즐기고 있어, 요르?"

한편 카밀라는 요르의 남편이 등장했다는 사실에 놀라고 있었다.

"세상에. 요르 선배, 결혼했어요? 왜 아무 말도 안 했어요?"

"저 때문입니다. 부끄럽지만 제가 애 딸린 홀아비라 신경이 쓰였나 봅니다."

설명을 해도 카밀라는 납득하지 못하고 속으로 투덜댔다.

'말도 안 돼! 요르한테 저렇게 스마트하고 잘생긴 남편이 있을 리가 없어!!'

'망신이나 당해 봐라!!'

"요르 선배, 따끈따끈한 그라탱이 나왔어요! …아앗!!"

그라탱이 든 커다란 트레이를 집어든 카밀라는 일부러 넘어져서 그라탱을 요르에게 쏟으려 했다.

하지만 그 순간….

슉, 파, 팟!

눈으로 좇기 어려운 속도로 요르의 긴 다리가 치켜 올라가더니, 카밀라가 던진 트레이를 공중에 정지시켰다.

치익.

조금이지만 화이트소스가 카밀라의 콧등에 튀어서 뜨거움에 못 이겨 몸부림을 쳤다.

"～～～～!!"

"음식을 소중히 여기는 자세는 좋지만, 조금 예의 없는 짓 아닐까, 요르. 발로 받는 건 좀…."

로이드가 차분하게 말하자 요르는 순순히 사과했다.

"아, 미안해요…!!"

그렇게 생각처럼 일이 되지 않자 카밀라는 될 대로 되란 듯이 요르의 과거에 관한 소문을 떠들어 대기 시작했다.

"레인저 씨, 그거 아세요?"

"포저입니다."

"이 사람 있죠, 시청에 들어오기 전엔 천박한 일을 하고 살았대요! 뭐였더라? 남자가 호텔방에서 부르면 마사지를 했다던가? 어머~ 상스러워라~!"

그것은 침과 뜸을 놓는 마사지라고 둘러댔던 암살 임무였다.

"저기, 아니에요, 로이드 씨…."라고 요르가 망설이며 말하자, 로이드는 한 점의 그늘도 찾아볼 수 없는 환한 미소를 지어보였다.

"멋지네요!"

"네?!"

"요르는 부모를 일찍 잃고, 어린 동생을 먹여 살리기 위해 온갖 고생을 해 왔습니다. 자신을 희생해 가면서요."

로이드는 자신이 하는 가혹한 일을 떠올리며 요르에 관해 말했다.

"누군가를 위해서, 무언가를 위해서, 가혹한 일을 견디며 해내는 건, 웬만한 각오로는 불가능하죠. 자랑스러워 할 일입니다."

요르는 요르대로 아무도 이해해 주지 않을 줄 알았던 일에 대한 각오를 인정해 주자, 눈앞이 다 환해지는 것만 같았다.

"…돌아갈까, 요르."

그렇게 요르와 로이드는 파티 회장을 뒤로 했다.

요르를 차에 태우고 단둘이 있게 되자마자, 로이드는 허둥지둥 사과했다.

"죄… 죄송합니다. '남편'이라고 해서…!!"

동생분 귀에 들어가면 뭐라고 변명해야 할지… 하고 고민하기도 했다.

하지만 요르는 전혀 신경 쓰지 않고 말했다.

"저기, 로이드 씨… 제안할 게 있는데요…."

그때, 쿠가각 하는 소리와 함께 커다란 충격이 차에 퍼졌다.

밀수 조직의 잔당이 차를 붙여 충돌시킨 것이다.

'어떻게 내 위치를?! 설마 미술품 중에 발신기가…. 젠장,

역시 요즘 정신이 해이해져 있었구나, 〈황혼〉!!'

"뭐죠, 저분들은…?!"

"화… 환자의 히스테리가 아직 낫지 않은 모양입니다!!"

요르의 질문에 로이드는 머리를 쥐어짜 말도 안 되는 대답을 내뱉었다.

아무리 그래도 의심하지 않을까 싶어 식은땀을 흘렸지만 "의사는 정말 힘들겠어요…."라는 답이 돌아와서 로이드는 진심으로 생각했다.

'맹해서 다행이야…!!'

공장 지대에 도착한 로이드와 요르는 차에서 내려 몸을 숨겼다.

로이드가 추적자를 망설임 없이 쓰러뜨리자 요르가 환자를 때려도 되는 거냐고 물었다.

그러자 로이드는 또 엉터리 같은 이야기를 지어내서는….

"요즘 의학계에는 구타 요법이라는 최첨단 치료법이 있는데…."

"오오."

'둔한 건지 예리한 건지 알 수 없는 여자군….'

엘리트 스파이인 로이드의 관찰안으로도 종잡을 수가 없는 여성이다.

하지만 한 가지 확실한 것은….

차례로 덤벼드는 추적자들을 로이드가 다 피할 수 없게 된 순간, 요르의 화려한 킥이 작렬했다.

뒹굴뒹굴뒹굴뒹굴, 쿠직!

발차기를 맞고 날아간 남자는 공장 벽에 격돌했다.

…요르는 무진장 강했다.

엉겁결에 공격을 하고 만 요르는 허둥지둥 로이드에게 사과했다.

"아, 죄송해요! 문외한인 제가 멋대로 치료를…! 사실 저는 동생한테 배운 호신술이 특기라서…."

횡설수설하는 요르를 보고 로이드는 "하핫." 하고 웃었다.

"고마워요, 요르 씨! 하하하, 굉장한데요? 저 녀석이 날아가는 거 봤어요?"

"죄송합니다. 엉겁결에 날려 버렸네요. 후훗."

달빛이 비추어 슈트 차림 남자와 드레스 차림 여자의 실루엣이 공장 지대에 떠올랐다.

추적자들의 총탄을 피하며 요르는 차 안에서 하려던 말을 이어서 했다.

"저기, 로이드 씨. 이럴 때 할 말은 아닌 것 같지만….."

"우리 결혼할래요?"

예상치 못한 말에 놀란 로이드는 콰당~ 하고 요란하게 넘어졌다.

"네?"

"아뇨, 교환 조건의 연장이라고나 할지…. 그게, 저 같은 독신 여성은 존재만으로 수상해 보인다고 해서, 위장이라도 하고 싶어서요….."

암살 일을 계속하기 위해서, 라는 커다란 비밀을 감춘 채 요르는 아주 거짓말은 아닌 이유를 말했다.

"저기, 그러니까…. 만약 괜찮으시다면 면접 한 번이 아니라, 아주 함께 사는 건 어떨까 해서…. 서로의 이익을 위해서요!"

지금의 나를 받아들여 줄 사람은 분명 이 사람뿐일 거야. 요르는 직감적으로 그렇게 생각했다.

그리고 그런 요르의 눈을 보고 로이드가 답했다.

"그럼 돌아갈 때 관공서에 들러 수속을 밟죠."

일어나며 냉정하게 한 말에 이번에는 요르가 깜짝 놀랐다.

"지금요?!"

"쇠뿔도 단김에 빼라잖아요. 참."

로이드는 도난품 중에서 다이아몬드 반지를 챙겨 두었던 게 떠올라서 슈트의 주머니를 뒤졌다.

하지만 어디서 떨어뜨렸는지 반지는 보이지 않았고, 근처에도 떨어져 있지 않았다.

그러다 문득 추적자가 떨어뜨린, 사용하지 않은 수류탄이 눈에 들어왔고….

"놈을 몰아넣었어!!"

"죽여 주마아아아아!!!"

고함을 치며 달려오는 밀수 조직 남자들의 총탄을 피하며 수류탄을 주웠다.

"요르 씨."

로이드는 수류탄의 안전핀에 손가락을 걸고서 요르의 이름을 부르며 말했다.

안전핀을 뽑고….

"병들었을 때나."

수류탄을 남자들에게 던지고….

"슬플 때나."

요르를 보고 무릎을 꿇고서….

"어떤 고난이 닥친다 해도…."

안전핀의 둥그런 손잡이를 반지처럼 요르의 왼손 약지에 끼웠다.

그 순간, 남자들에게 던진 수류탄이 폭발했고….

폭풍 속에서 둘이 손을 맞잡은 채, 로이드가 맹세의 말을 했다.

"함께 서로 도웁시다."

그때 두 사람은 각각 속으로 힘차게 생각했다.

임무가/암살이 계속되는 한… 이라고.

SPY×FAMILY

⊕ 제3화 가족과 함께 외출하라

로이드, 요르, 아냐, 세 사람의 새로운 생활이 시작되었다.

새집은 오스타니아 인민공화국 수도 배린트 서구 공원가 128번지.

에드거 일당과의 일을 겪은 직후에 이사 온 집으로 요르도 이사를 온 것이다.

"저기, 로이드 씨, 침실은···."

자신의 침구를 끌어안은 채 요르는 얼굴을 살짝 붉히며 물었다.

"물론 따로 써야죠. 손님이 왔을 때만 그럴듯하게 얼버무리면 돼요."

"아냐 집에 어서 오세요!"

아냐가 두 팔 벌려 요르를 맞이했다.

"잘 부탁해요, 아냐."

"아냐한테 어머니 태어나서 경사야."

"어머니…!!"

처음으로 '어머니'라는 소리를 듣자 요르는 마음이 찡~해졌다.

"참, 일단 아는 판사의 연줄을 써서 혼인신고 날짜는 1년 전으로 해 뒀습니다."

사실은 혼인신고서를 위조한 것이지만, 당연히 비밀이다. 로이드는 죽은 아내의 뜻을 잇고자 하는 남자로서 요르에게 설명했다.

"지금까지 따로 살았던 이유나 동생분에게 할 변명은 나중에 생각하죠."

"알겠어요."

로이드는 '입시 직전에 혼인신고를 하면 학교 측에서 의심할 테니….'라고 생각했다.

요르는 '**점장님**께 허가도 받았으니, 이걸로 일단 안심이에요.'라고 생각했다.

아냐는 '두근두근….'이라고 생각했다.

이렇게 색다른 가족이 생겨났다.

아버지 스파이.

어머니 암살자.

딸 초능력자.

자신의 이익을 위해 유사 가족을 만든 세 사람은 서로의 정체를 숨긴 채 한 지붕 아래서 살게 되었다.

도우려고 작은 종이 상자를 옮기던 아냐에게 요르가 말했다.

"앗, 아냐, 그건 내가…."

그때 '그 안에는 맹독 무기가….'라는 흉흉한 마음의 목소리도 같이 들려서 아냐는 몸을 움찔했다.

그런 두 사람에게 로이드가 말했다.

"대충 정리되면 면접 연습부터 할까~?"

"그럼 질문하겠습니다."

거실에서 시작된 면접시험 연습.

면접관 역할을 맡은 로이드는 안경을 쓰고서 날카로운 눈빛으로 물었다.

"아냐 양은 휴일에 주로 뭘 하나요?"

"아버지에게 집을 보라는 명령을 받고 혼자 쓸쓸하게 텔레비전을 봅니다."

"잠깐, 잠깐, 그럼 나쁜 인상을 줄 거야."

한편 요르는 교육 방침에 관한 질문을 받고 당황했다.

"어머님의 교육 방침은?"

"네? 네? 저기… 선수필승…?"

'남동생이 멀쩡히 자란 게 용하군….'

너무도 가망이 없어 보이는 답변에 로이드는 일찌감치 연습을 중단했다.

"틀렸어. 이렇게 해서 면접에 통과할 리가 없어. 입학은 포기하자. 다른 수단을….'"

충격을 받은 아냐의 옆에서 요르가 로이드를 만류했다.

"로이드 씨! 돌아가신 부인의 뜻을 생각하세요…!"

모의 면접은 아직 좀 일렀나, 생각한 로이드는 마음을 다잡고서 "좋아! 그럼 외출을 하자!"라고 두 사람에게 제안했다.

"우선은 견문을 넓히고 상류 계급의 일반 상식을 익히면서 우리 세 사람의 공감대를 형성하는 거야."

"나드리다, 나드리♪"

"나들이야."

독특한 표현을 냉정하게 바로잡는 소리를 들으며, 아냐는
아버지와 **어머니** 사이에서 신이 나서 거리를 걸었다.

"어머니 손 잡아?"

"자… 잘 부탁할게요!"

아냐가 요르에게 손을 내미는 모습을 보고 로이드는 아냐가
잘 따르는 것 같아 다행이라고 생각했다.

요르는 귀여운 아냐의 모습에서 동생인 유리의 어린 시절을
겹쳐 보고는 훈훈한 기분을 느끼고 있었다.

'힘껏 껴안았다가 늑골이 두 대 부러져 버린 적도 있었지.
후후후, 조심해야겠어.'

흉흉한 마음의 목소리가 들려와 아냐는 흠칫 놀라며 요르에
게서 떨어졌다.

금방 손을 놓는 두 사람을 보고 로이드는 고개를 갸웃했다.

'어라, 그렇지도 않은가?'

"그… 그런데 이제 어디로 가죠?"

아냐가 손을 놓은 것에 충격을 받으며 요르는 로이드에게
물었다.

"직업상 이런저런 티켓들을 받기도 하는데⋯."

이든은 전통과 격식을 중시하는 학풍이라 무심코 바닥이 드
러나지 않도록 평소부터 일류 문화를 접해 둬야지, 라고 로이
드는 생각하고 있었다.

가장 먼저 찾은 곳은 오페라가 상영되고 있는 번듯한 가극
장이었다.

하지만 아냐는 푹 잠들어 버렸고, 요르는 머릿속에 '?' 마크
가 소용돌이치고 있는지 잘 모르겠다는 표정을 하고 있어서
로이드는 곧장 중단하기로 했다.

다음으로 향한 곳은 커다란 미술관이다.

일류 예술을 접해 둬서(이하 생략)⋯라고 생각하는 로이드
의 옆에서 벗은 여인이 그려진 명화를 가리키며 아냐가 소리
쳤다.

"아버지~! 얼레꼴레~ 얼레꼴레래!"

그것도 모자라 머리가 없는 조각상이나 머리만 있는 조각상
을 가리키며⋯.

"모가지 싹뚝! 팔다리 싹뚝!"

천진한 투로 그런 소릴 하고 다녔다.

한편 요르는 뺨을 붉힌 채 물끄러미 한 장의 그림을 바라보고 있었다.

그것은 기요틴을 사용한 처형의 한 장면을 그린 작품이었다.

"요르 씨…?"

이어서 로이드는 정치가의 가두연설이 이루어지고 있는 곳으로 두 사람을 데려갔다.

이든은 애국 교육도 중시해서 정치와 역사에도 정통해야 한다고 생각했기 때문이다.

"우리 국민당은 대 웨스탈리스 정책에서 유화 노선을…."

모여든 사람들 한가운데서 연설을 하는 정치가에게 응원하는 박수뿐만 아니라 듣기 거북한 야유도 날아들었다.

"웃기지 마! 유화 정책 좋아하시네!"

"웨스탈리스 놈들은 싹 다 죽여 버려야 해!!"

'돈 내놔, 돈.' '쓰레기 같은 웨스탈리스 놈들.' '저 여자 엉덩이 잘 빠졌네.'

야유뿐만 아니라 사람들의 마음의 목소리도 들리는 아냐는 어지럽게 오가는 사람들의 본심 때문에 어질어질할 정도였다.

요르 씨는 어쩐지….

응….

아냐, 견과류만 골라먹지 마라.

손으로 먹지도 말고,

오독 오독 오독 오독 오독 오독 오독 오독

뭘 말야.

걱정 마, 아버지.

수많은 임무를 헤쳐 온 나 황혼은 오늘 처음으로 좌절 위기에 처했다….

…스파이 경력 10여 년.

"아냐 이런 곳 싫어…."

안아 준 로이드에게 달라붙었다.

"미안하다. 좀 무서웠지?"

"어디 가서 좀 쉴까요?"

"배고파."

"뭐…? 기운이 있는 거야, 없는 거야…?"

처음으로 셋이 외식할 곳으로 로이드는 코스 요리가 나오는 레스토랑을 골랐다.

음식이 나오자 아냐는 요리에 든 견과류만 손으로 골라서 지저분하게 먹었고, 요르는 음식보다 아름다운 식사용 나이프를 보고 황홀한 듯한 한숨을 내쉬었다.

너무도 자유로운 딸과 아내의 모습에 로이드는 처음으로 이런 생각을 했다.

'…스파이 경력 십수 년, 수많은 임무를 헤쳐 온 나 〈황혼〉은 오늘, 처음으로 좌절 위기에 처했다….'

"걱정 마, 아버지."

"뭘 말야."

어째서인지 아냐가 자신을 위로하기에 로이드는 살짝 목소리를 높이고 말았다.

'큭… 역시 사람을 잘못 골랐나…?'

눈가를 부여잡은 채 생각에 잠겼다.

'아니, 애초에 다른 사람을 의지하려는 것 자체가 문제였던 거다.'

'다른 사람… 그것도 일반인의 가치 판단에 성공 여부를 맡겨서는 안 되는 거였어.'

'모든 사태를 예측, 준비하고 주도면밀한 계획을 바탕으로 행동하는 것이 스파이의 철칙!'

'그렇다면 면접관의 예상 질문을 하나도 남김없이 열거하고, 그에 대한 완벽한 해답을 두 사람에게 암기시키거나, 내가 보조할 수 있도록 구성을 짜서…. 아니, 그것도 현실적인 방법은….'

머리를 싸쥔 채 중얼거리는 로이드를 보고 요르가 말했다.

"저기… 로이드 씨, 기분 전환을 좀 하는 게 어떨까요?"

요르가 안내한 곳은 도시가 내다보이는 높은 곳에 있는 공원이었다.

난간에 오도카니 앉힌 아냐에게 손을 얹은 채로 그 근사한

풍경을 본 로이드가 탄성을 흘렸다.

"오오."

"사람이 먼지 같구나."

"그런 말은 어디서 배웠어?"

아냐의 말에 딴죽을 걸며 로이드도 사람들을 내려다보았다.

"시 외곽에 이런 공원이 있을 줄이야."

"저도 아주 가끔 오는 곳이에요. '일' 때문에 피로가 쌓이면 훌쩍…. 내가 하는 일은 여기 사는 사람들에게 도움이 되는구나, 라는 생각이 들어서 '다시 힘을 내자!' 하게 되더라고요…."

요르의 말은 시청 일과 〈가시공주〉 일, 모두에 해당될 듯했다.

하지만 로이드와 아냐에게는 딱히 재미있는 장소가 아닐지도 모르겠다는 생각에 목소리가 점점 기어들어갔다.

"아… 이런 곳은 재미없죠? 죄송해요…."

"아냐 사람 많은 곳보다는 좋아."

로이드는 아래쪽에 둥그렇게 모여 놀고 있는 아이들을 발견하고 문득 시선을 멈췄다.

그리고 바로 옆에서 할머니가 남자에게 날치기를 당하는 모습을 목격했다.

"음?"

"날치기야!! 누구 없어요?!"

"조심성 없는 할머니군."

로이드가 중얼거리자 그 옆에서 타닷, 이라는 소리가 들렸다.

요르가 난간을 넘어 뛰어내리는 소리였다.

"용서 못 해요!! 거기 서세요!"

로이드가 말을 걸 새도 없이 투다다다다… 길도 없는 경사면을 수직으로 달려 내려갔다.

"괜찮으세요?! 다친 데는….."

보도까지 내려왔지만 날치기 남자를 놓쳐 버린 요르는 우선 할머니에게 말을 걸었다.

"괜찮아. 좀 긁히기만 했어."

"꼭 잡아 드릴게요!! 나중에 병원에 같이 가요!"

"에구, 고맙기도 해라….."

한편 로이드는 아냐를 끌어안고 계단으로 내려오고 있었다.

하지만 로이드의 눈으로 봐도 날치기 남자는 보도에 있는 인파 속으로 숨어 버려서….

'요르 씨에게는 미안하지만, 이렇게 된 이상은 못 찾겠지….'

"……."

로이드의 마음을 읽은 아냐는 자신의 힘을 사용했다.

파직, 인파 속에 있는 사람들에게 의식을 집중시키자 거리에 넘쳐나는 많은 마음들이 머릿속으로 흘러들어왔다.

'아! 배고파!'

'와~ 이거 귀여워~!'

'으아~ 싸겠어.'

"아니, 너, 또…."

축 늘어져서 코피를 흘리는 아냐를 로이드가 걱정했다.

하지만 아냐는 계속 힘을 써서….

'저 점원 멋지네~♡'

'이 자식 왜 이렇게 안 와?'

'어쩌지, 또 시험에 떨어졌어….'

여러 사람들의, 여러 가지 마음들. 아냐는 그중 하나를 찾아내고 눈을 번쩍 떴다.

'히히, 그 할망구 지갑이 제법 두둑한데?!'

날치기 남자를 찾아낸 아냐는 로이드를 쳐다보며 소리쳤다.

"아버지!!"

"헉?! 왜 그래?!"

"케이크 먹고 싶어!"

아냐는 날치기 남자가 있는 방향에 자리한 케이크 가게를 가리켰다.

"뭐?! 레스토랑에서 나온 지 얼마나…."

아냐가 가리킨 방향을 본 로이드는, 금방 수상한 남자를 발견했다.

"!!"

'…저 녀석…. 옷차림은 다르지만 걸음걸이는 그리 쉽게 바꿀 수 없지. 내 눈을 속일 수는 없어.'

그러던 참에 마침 돌아온 요르가 "앗, 로이드 씨!"라고 말을 걸었다.

로이드는 그 즉시 요르에게 아냐를 맡기고 달려 나갔다.

"요르 씨, 아냐를 부탁해요!!"

그때 남자는 날치기한 지갑의 내용물을 확인하고 한동안 놀고먹을 수 있겠다는 생각에 히죽거리고 있었다.

"일단 맛있는 거라도 먹으러…."

쿠웅!

로이드는 보도보다 조금 높은 곳에 있던 통로에서 남자를 향해 뛰어내려, 머리를 붙잡은 채 혜성이 떨어지기라도 한 충격을 선사해 주었다. 머리를 땅에 처박자 이가 부러졌다.

"네놈한테는 썩은 콩밥이 어울려."

스파이는 눈에 띄어서는 안 되지만 사람들이 웅성거리며 모여들기 시작했다.

"저어, 이 녀석은 날치기범이니 경찰을 불러서 넘겨주십시오. 부탁드립니다!"

로이드는 잽싸게 그 자리를 떴다.

날치기 당한 지갑을 돌려주자 할머니는 요르의 손을 꼭 잡고 계속해서 붕붕 흔들었다.

"손주한테 선물 사 줄 돈이 들어 있었다우. 고마워. 덕분에 찾았어."

"아… 아뇨. 찾아 준 건 저희 남편… 부군(?)이랍니다."

"…아니, 나는 요르 씨가 아니었으면 쫓아갈 생각도 안 했을 테니까요….”

“고마워요. 남편이 멋지시네.”

할머니가 로이드의 손도 잡아 붕붕 흔들었다.

“아니, 글쎄….”

로이드의 머리에 지령문에 곁들여져 있던 문구가 떠올랐다.

「'그림자 없는 영웅'이여. 첩보원인 자네들의 활약이 햇빛을 볼 날은 없을 거다.」

하지만 몇 번이나 솔직하게 “고마워.”라고 하는 말을 듣고는 이내 작은 소리로 헛기침을 하며 생각했다.

‘…뭐 가끔은, 고맙다는 말을 듣는 것도, 나쁘진 않군….’

‘아버지 츤데레.’

많은 일이 있었지만 어쩐지 나쁘지 않은 하루였다.

로이드는 온화한 표정으로 말했다.

“…고마워요, 요르 씨.”

“?”

“오늘은 좋은 기분 전환이 됐습니다. 나도 다시 ‘**일**’을 열심히 할 수 있겠어요.”

“…아버지랑 어머니 꽁냥꽁냥.”

로이드와 요르를 올려다보며 아냐가 말하자 두 사람은 **뺨**을 붉히며 부정했다.

"아니야!!"

"아니에요!!"

그러더니 아냐는 로이드를 보고 두 팔을 벌렸다.

"아냐한테는 고마워 없어?"

"하긴, 네 먹성 덕분에 범인을 찾았으니까. 장하다, 장해."

그때, 그런 세 사람의 모습을 보고 있던 할머니가 "후후후." 하고 웃으며 말했다.

"세 분이 아주 멋진 가족이네."

이렇게 세 사람의 외출은 막을 내렸다.

"어머니~ 아냐 코코아 마시고 싶어."

"알겠어요."

그리고 첫날밤을 맞아 가족끼리 화목한 시간을… 보낼 줄 알았지만 로이드는 다시 모의 면접에 도전하려 하고 있었다.

"자, 아냐 양, 휴일에는 뭘 하나요?"

"오페라를 보고 미술관에 가고 레스토랑에서 식사도 합니

아냐 양, 휴일엔 뭘 하나요?

그보다 모의면접부터 재도전해 보자고.

맞아, 그거! 이런 질문을 받으면 오늘 있었던 일을 말할 것!

오페라를 보고 미술관에 가고 레스토랑에서 식사도 합니다.

친구가 나쁜 짓을 하는 것을 봤습니다. 어떻게 하겠어요?

좋아, 그럼 다음 질문.

아버지, 멋졌어!

틀렸어, 역시 포기할까.

위에서 뛰어내려 땅에 처박고 썩은 콩밥을 먹입니다.

슈팍—!!

참 멋졌죠?

음... 그건 못 봤던 걸로 해줘….

다.”

“맞아, 그거! 이런 질문을 받으면 오늘 있었던 일을 말할 것!”

겨우 기대하고 있던 답이 나오자 로이드는 기쁜 듯이 말했다.

“좋아, 그럼 다음 질문. 친구가 나쁜 짓을 하는 모습을 봤습니다. 어떻게 하겠어요?”

“위에서 뛰어내려 땅에 처박고 썩은 콩밥을 먹입니다.”

“음… 그건 못 봤던 걸로 해 줘….”

틀리진 않았지만 면접에서 말해서는 안 되는 답이 나와, 로이드는 서류로 얼굴을 가렸다.

‘틀렸어. 역시 포기할까.’

로이드는 좌절했지만 아냐와 요르는 오늘 있었던 일을 떠올리고는 한껏 들떠서 말했다.

“아버지 멋졌어!”

“참 멋졌죠?”

“슈팍~!”

따뜻한 코코아를 마시면서 소파에 나란히 앉아 웃는 두 사람의 모습을 보며 로이드는 할머니가 했던 말을 떠올렸다.

'세 분이 아주 멋진 가족이네.'

'뭐, 그렇게 보였다면 준비 단계의 1퍼센트 정도는 진전이 있었던 걸로 할까….'

로이드는 두 사람의 것과 똑같이 생긴 자신의 컵을 집어 들며 생각했다.

⊕ 제4화 시험은 이미 시작됐다

"결전의 때가 왔다."

어느 날 아침, 로이드와 요르와 아냐는 진지한 표정으로 현관 앞에 있었다.

"소지품 체크."

"이상 없음!"

"복장 체크."

"이상 없음!"

로이드의 체크 지시에 요르는 시원스럽게 답했다. 세 사람 모두 외출복을 입었다.

"말씨 최종 체크."

"괜찮입니다. 열심히 하겠입니다."

아냐가 척 하고 자세를 바로 잡으며 말했다.

'…불안이 가득하지만, 할 수 있는 일은 모두 했다.'

로이드는 결심을 굳혔다.

"그럼 가 볼까…. 이든 칼리지 면접시험장으로!"

이든 칼리지의 문을 지나자 마찬가지로 면접을 보러 모인 수십 팀의 가족들이 면접 회장을 향해 걷고 있었다. 각자 긴장된 얼굴로 고급스러워 보이는 차림새를 하고서 품위 있게 행동하고 있다.

처음으로 학교에 발을 들인 요르는 오랜 역사를 지닌 번듯한 건물들이 마치 도시처럼 늘어선 모습을 보고 "넓다!!" 하고 놀랐다.

"국내 톱클래스의 학교니까요."

"수험생도 이렇게나 많고…."

"모두 라이벌이군요."

로이드가 아냐에게 말했다.

"아냐, 사람 많은데 괜찮아?"

"괜찮입니다."

"그럼 가자."

하지만 한 걸음을 내디딘 순간… 로이드가 움찔하고 무언가를 감지했다.

그것은 지금까지 수없이 맛본 적이 있는 감각이었는데….

'누군가가 나를 감시하고 있다…!!'

로이드는 주변에 대한 경계심을 강화했다.

'설마 군중 속에 적이…?!'

신경을 곤두세우고 있는 로이드의 옆에서 아냐는 속으로 '적?!' 하고 설레어했고, 요르는 요르대로 어디선가 시선을 보내고 있다는 걸 느끼고 있었다.

아무래도 감시 대상은 나뿐만이 아닌 것 같군. 로이드는 그렇게 판단했다.

이를테면 재학생이 수험생을 신기하게 쳐다보는 것과는 다른, 탐색하는 듯한 기분 나쁜 시선이었다. 하지만….

'이건… 아마도 일반인…!!'

표정 하나 바꾸지 않고 모자챙 아래로 주변을 둘러본 로이드는 머리 위에 보이는 구름다리 복도에서 4명, 종탑에서 3명, 좌우에 자리한 건물에서 여러 명. 그런 식으로 수험생 가족에게 시선을 보내 오는 자들이 있다는 사실을 알아챘다.

학교 관계자 명단은 거의 대부분 머릿속에 들어 있어서 로이드는 그게 누구인지 금방 알 수 있었다.

'저건… 교직원들이군. 손에는 필기도구, 옆에 있는 녀석은 무전기, 거기에 저 시선….'

'즉… 시험은 이미 시작됐다…!!'

문에서 면접 회장으로 이동하는 수험생 가족의 일거수일투족을 관찰, 채점하고 있다고 로이드는 생각했다.

이 학교에 걸맞은 인물인지 아닌지, 판가름하고 있는 것이다.

로이드는 살며시 아냐와 요르에게 말했다.

"둘 다 조심해. 시험관들이 보고 있어. 연습한 대로 행동해."

실제로 시험관들은 건물 곳곳에 배치되어 있었다.

"D-68번 ×." "A-12번 ×." "G-114번 ○."

오페라글라스를 들고 아래를 지나는 수험생 가족들을 관찰하고 조용히 채점을 하고 있다.

"금년도 수험생들은 질이 낮군. 엘레강트가 결여된 자들뿐이야."

뚜벅, 뚜벅…. 잘 닦인 가죽 구두를 신은 백발노인이 발소리를 내며 다가왔다.

"안녕하십니까, 마스터."

시험관들의 경례를 받는 마스터라 불린 노인의 이름은 헨리 헨더슨이라고 한다. 단안경을 끼고 하얀 수염을 기른 인상적인 모습을 한 그는, 그곳에 있는 그 누구보다 고상한 분위기를 자아내고 있었다.

"저 품위 없는 걸음걸이로 명문 이든의 땅을 밟고 있다는 사실만으로도 불쾌하군. 엘레강트가 전통을 만든다. 엘레강트만이 세상을 낙원으로 만드는 것이다."

마스터 헨더슨은 엘레강스… 다시 말해서 기품, 우아함을 추구하고 있었다.

"품위 없는 가족은 모두 불합격 처리해."

"네!"

시험관들에게 지시한 후, 헨더슨은 한 가족을 발견했다.

"흠?"

그가 오페라글라스를 들고 주목한 것은, 딱 부러지게 앞을 본 채 허리를 꼿꼿이 세우고서 스마트하게 걸어오는 로이드와 요르와 아냐의 모습이었다.

"호오… 조금은 엘레강스력이 있음직한 가족이 있군."

게다가….

로이드는 교내에 있는 노인의 동상 앞에서 멈추더니 스윽… 하고 손을 가슴에 대고 경례했다.

"흐음?!"

'초대 학장의 동상에 경례를…?!'

예상치 못했지만 바람직한 행동에 마스터 헨더슨은 깜짝 놀랐다.

로이드는 생각했다.

'천 개의 얼굴을 지닌 나 〈황혼〉, 상대가 바라는 이상적인 인물처럼 행동하는 건 식은 죽 먹기지!'

그리고 로이드에 이어 경례를 한 요르와 아냐는 생각했다.

'이분이 누군지는 전혀 모르겠지만, 일단 로이드 씨를 따라 하면 되겠죠…?'

'수염 대머리….'

하지만 그들의 속내를 알 길이 없는 헨더슨은 깊은 감명을 받았다.

"엘레강트!! 베리 엘레강트!! 저 가족은 뭐지?!"

"K-212번, 포저 일가입니다. 딸 아냐의 필기시험은 간신히 합격점인 31점입니다."

예상치 못한, 동시에 바람직하지 못한 정보에 헨더슨은 또다시 놀랐다.

아냐가 적은 답안지를 확인해 보았지만, 결코 아름답지 않았다.

"낫 엘레강트!! 글씨도 개판이야!!"

무의식중에 말투가 상스러워지고 말았지만, 헨더슨은 포저 일가의 데이터를 꼼꼼히 읽어 보았다.

"아버지는 재혼인가."

"입학을 위해 만든 즉석 가족일까요?"

"글쎄. 확인해 봐야겠지, 진정 엘레강스를 갖춘 자인지 아닌지를…."

"여기서 수험표를 확인하겠습니다!"

수험생이 제1회장과 제2회장으로 갈라지는 것을 보고, 로이드는 벌써 합격자를 가려내고 있다는 사실을 알아챘다.

아냐가 배정된 것은 제1회장이다.

로이드는 요르와 아냐에게 말했다.

"…아직도 감시하고 있어. 방심하지 마."

"누가 본다고 생각하니 긴장돼요…."

"아냐 코딱지 파고 싶어."

"절대 안 돼."

제1회장을 향해 걷던 중, 어린아이의 목소리가 들려왔다.

"아~ 어떡해~ 도랑에 끼어서 나갈 수가 없어어~"

자세히 보니 이든의 교복을 입은 통통한 체격의 남학생이 통로 옆 도랑에 빠져 하반신이 끼어 있었다. 도랑 안은 구정물로 가득했다.

"어떡하지. 큰일 났네~~"

하지만 남학생의 행동은 매우 연기를 하는 듯했다.

'…아니, 시험이라지만 너무 노골적이잖아….'

주변에 있던 수험생 가족들도 곤경에 처한 남학생이 있다는 사실은 알아챘지만, 다들 멀찌감치 떨어져 보기만 하고 아무도 가까이 가려 하지 않았다.

'하지만….'

로이드는 아냐의 등에 살며시 손을 대어 신호를 했다.

아냐는 그 즉시 행동에 나섰다.

남학생을 가리키며 이렇게 말한 것이다.

"아버지! 어머니! 어려움에 처한 사람이 있습입니다! 도와줄

니다!"

"괜찮니?"

로이드가 남학생에게 말을 걸자, 근처에 있던 부모도 도우려고 다가왔다.

하지만 남학생은 버둥거리며 구정물을 첨벙첨벙 튀기며….

학점을 위해 지시받은 대로 최선을 다해 연기를 했다.

"으앙~ 손발이 미끄러워서 못 나가겠어~!!"

"으악, 더러워! 어, 어디 로프 같은 거 가진 사람 없나…?"

도우러 왔던 수험생의 아버지는 그 바람에 주춤하고 말았다.

헨더슨은 그 모습을 물끄러미 관찰하고 있었다.

'후후후, 그래. 면접을 앞두고 구정물로 옷을 더럽힐 수는 없겠지.'

'자, 어떻게 엘레강트하게 위기를 넘기….'

눈을 빛내고 있던 중, 로이드는 느닷없이 구정물에 발을 첨벙 집어넣었다.

그리고 끼어 있던 남학생의 팔을 잡고 힘껏 끌어올리더니, 자신에게 구정물이 튀는 것도 신경 쓰지 않고 도왔다.

"다친 데는 없니?"

로이드가 걱정스러운 투로 말하자, 아냐도 뒤이어 말했다.

"내 손수건 줄게입니다."

하지만 아냐의 옷에도 구정물이 묻고 말아서….

분명 좋은 일을 하기는 했지만, 헨더슨의 평가는….

'…흥. 기대가 어긋났군. 결국은 시골뜨기에 불과했나…. 구
정물 범벅으로 우리 학교에 들어올 생각은 마라.'

엘레강트가 결여된 행동에 실망한 헨더슨은 포저 일가에 대
한 흥미를 잃었다.

"K-212번을 내보내."

도움을 받은 남학생도 이 사람들은 분명 자신 때문에 불합
격될 거라는 생각에 가슴 아파하고 있었다.

하지만 그때….

"이런 일에 대비해서." 요르가 말했다.

"갈아입을 옷을 한 벌 더 가져오길 잘했네요!"

로이드와 아냐는 어느샌가 말끔한 새 옷으로 갈아입은 상태
였다.

이번 의상도 아주 고급스러웠다.

그 모습을 본 헨더슨도 놀라지 않을 수 없었다.

'이런 일이 있을 거라고… 예상하나, 보통…?!'

"역시 회색 슈트가 이 학교와 더 잘 어울리네요."

"아까 그걸 그대로 입었다면 시골뜨기라며 창피를 당했겠지. 갈아입을 기회를 줘서 고맙다, 소년!"

로이드가 미소를 보내자 남학생은 괜히 가슴이 설렜다.

'심지어 소년의 죄책감까지 덜어 주다니!!'

남학생에 대한 배려가 느껴지는 듯한 행동에 헨더슨은 무의식중에 소리치고 말았다.

"스마트!! 스마트&엘레강트!!"

한편 준비했던 시련을 돌파당했다는 생각에 분한 마음도 들었다.

"가만두지 않겠다, 로이드 포저!!"

그러고는 무의식중에 수험생이 아니라 아버지에게 대항 의식을 불태우며 그 이름을 외쳤다.

"마스터, 시험을 치는 건 학생인데요…?"

"시끄럽다!! 자식은 부모를 보고 배우는 법! 그래, 30점짜리 아이의 부모 역시 30점짜리. 그 가면을 벗겨 주마…!!"

로이드, 요르, 아냐는 차분한 표정으로 걷고 있었다.

하지만 회장에 거의 다 도착했을 즈음… 또다시 사고에 휘말리고 말았다.

"큰일 났다~!!!"

큰 소리가 나는가 싶더니 등 뒤에서 땅울림과도 같은 무수히 많은 발소리가 들려왔다.

놀랍게도 수십 마리나 되는 동물들이 우두두두 하고 수험생들이 있는 쪽으로 달려오고 있었다.

소와 말, 돼지와 양, 타조도 보였다. 교내에 있는 사육장에서 동물들이 도망친 것이다.

'이렇게까지 하는 거냐, 이든!!'

상상을 넘어선 사태에 로이드 역시 얼굴이 파랗게 질릴 수밖에 없었다.

수험생 가족들은 동물에 쫓겨 혼란 상태에 빠졌다.

'비상시에 드러나는 본성을 볼 속셈인가? 공황에 빠지면 시험관 녀석들의 의도에 말려든다…!'

로이드는 아냐를 옆구리에 끼고 요르에게 지시했다.

"포메이션 D를 유지해!! 동물들에게도 박애심을 가지고 대할 것!!"

교내에서 소동이 일어나자 시험관들도 눈이 휘둥그레졌다.

"이봐, 누가 저렇게까지 하라고 했지?!"

"네? 마스터께서….."

"뭐라고?!"

이 사고를 일으키라 지시한 사람이 아무도 없다는 사실을 알자, 헨더슨의 얼굴에서 핏기가 가셨다.

'설마 이건… 진짜 대형 사고!!'

"수험생 중에는 고위층도 있다!! 다치기 전에 가서 막아라!!"

갑자기 밖에 풀려난 동물들은 흥분 상태였다.

수험생 가족은 미쳐 날뛰는 동물들로부터 필사적으로 도망쳐 다녔다.

하지만 개중에는 고압적인 태도로 고함을 쳐 대는 사람도 있어서….

"비켜!! 나는 재무성 사무차관이다!!"

"알 게 뭐야!! 나는 중앙은행….."

거만을 떨며 도망치는 데 정신이 팔려 자신의 아이가 넘어진 것도 알아채지 못했다.

"으앙…. 아빠, 같이 가~~!!"

넘어져 일어나지 못하고 있는 아이를 커다란 소가… 들이받기 전에 로이드가 아슬아슬하게 구했다. 소의 뿔이 스쳐서 슈트 자락이 찢어지고 말았다.

"괜찮니?"

안전한 장소에 아이를 내려 주자, 아이의 아버지가 거만한 투로 감사 인사를 했다.

"자네 정말 잘했네!"

하지만 그런 걸 신경 쓸 새도 없이, 요르의 품 안에서 아냐가 축 늘어져 버렸고….

"혼란에 빠진 군중들 때문에 현기증이 난 건가."

'젠장. 더는 시험 같은 걸 신경 쓸 때가 아니야…!'

로이드는 주변을 살펴서 혼란을 수습할 방법을 생각했다.

그러던 중, 동물 무리의 중심에 유달리 크고 강해 보이는 소를 발견했고….

'저놈이다. 저놈이 이 무리의 대장일 거야. 저놈을 막아야해! 그러려면 총을 쓰는 수밖에… 아니, 하지만….'

순간 로이드는 망설였다. 그러자 요르가 앞으로 나섰다.

"아냐를 부탁해요!"

"요르 씨?!"

거대한 대장 소와 마주한 요르는 눈으로 좇기도 어려운 속도로 타다닷… 소의 머리와 몸에서 세 곳을 손가락으로 찔렀다. 다이내믹한 움직임에 스커트 자락과 타이츠가 찢어졌지만, 군더더기라고는 전혀 없는 동작은 마치 숙련된 무술가를 보는 듯했다. 눈빛도 칼처럼 날카롭다.

쿠, 구웅….

거대한 소는 맥없이 땅을 흔들며 쓰러졌다.

"……어."

로이드와 아냐가 놀라서 아무 말도 못 하고 있자, 요르는 매우 궁색한 변명을 했다.

"아니, 아니에요! 옛날에 요가 교실에서 움직임을 멈추는 비공을 배운 적이 있거든요! 소한테도 효과가 있을까 싶어서…! 겁내지 마세요!!"

어찌 되었든 대장 소가 쓰러지자 다른 동물들도 얌전해졌다.

하지만 아냐에게는 대장 소의 마음의 움직임이 전해졌고….

'…소가 무서워하고 있어…?'

아냐는 타박타박 쓰러진 대장 소에게 다가갔다.

"위험해, 아냐!"

로이드는 걱정했지만, 아냐는 대장 소의 얼굴을 "착하지, 착하지." 하고 쓰다듬었다.

"괜찮입니다. 안 무서워."

대장 소의 눈에 온화한 빛이 돌아왔다.

대장 소는 느릿하게 일어나더니 다른 동물들이 있는 곳으로 돌아갔다.

"다들 집에 갔어."

"…그런 것 같군."

도망쳐 다니던 수험생들도 다들 무사해 보였다.

"다행히 부상자도 없는 것 같고…."

교내에는 평화가 돌아오기 시작했다.

단 한 곳을 제외하고….

"에… 엘레… 에에에엘레가아아아아아아아아앙 스!!!"

헨더슨은 과장스럽게 소리치더니 도저히 가만히 있을 수가 없어져서 로이드 일행이 있는 곳으로 내려갔다.

"포저어어어어어!!"

안
무서워.

괜찮
입니다.

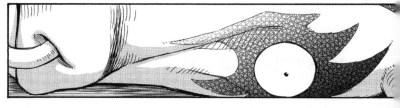

음머어.

음머.

와.

그러더니 로이드가 있는 곳에 도착한 후, 숨을 헐떡거리며 자신의 마음을 전했다.

"다… 다행이군. 고맙네. 그리고 오늘은 내가 완패했네…!"

로이드는 기억을 더듬어 보았다.

'이 녀석은 분명 기숙사장(하우스 마스터)… 시험 감독관인 가…?'

"혼란을 수습하기 위해 면접시험 시작 시간을 늦추도록 하지. 복장을 단정히 한 후 다시 시험장으로 오게. 자네들은 우리 학교에 도전할 자격이 있어!"

"선생님…."

기숙사장이 직접 찾아와 한 말을 듣고 로이드는 조용히 안도했다.

'아무래도 탈락은 면한 것 같군….'

하지만 로이드가 세워 둔 대책은 그게 다가 아니었다.

"따뜻한 배려에 감사드립니다. 하지만 걱정 마십시오. 이런 일을 대비해서 한 벌을 더 가져왔으니까요!"

말끔~!

로이드와 요르는 또다시 예비 복장으로 재빨리 갈아입었다. 훨씬 격식을 차린 복장이 되었다.

'이건 이미 엘레강트의 차원을 넘어서, 무섭잖아, 이 사람
들!!'

　헨더슨을 질겁하게 하며 포저 일가는 무사히 면접시험에 돌
입했다.

제5화 삼자면담이라는 이름의 정보전

"…나 참. 너는 왜 대답을 그 모양으로 해?!"

"으앙~~"

"망했다, 무조건 떨어졌을 거야…."

이든 입학시험 2차 심사인 삼자면담이 시작되었다.

포저 일가의 앞 차례였던 가족이 면접실에서 나왔는데, 아버지는 아들에게 화를 내고, 어머니는 고개를 푹 숙이고 있었으며 수험생 본인은 엉엉 울고 있었다. 시험에 통과해 여기까지 온 사람들에게도 면접시험은 만만치 않은 난관인 듯했다.

앞으로 고생길이 펼쳐질 것이라는 예감 때문인지, 로이드는 식은땀을 흘리고 있었다.

'스파이 경력 십수 년, 나는 지금 처음으로⋯ 긴장하고 있다⋯!!'

극악 테러 조직 내부에서 잠입 공작을 했을 때도, 1초 후면 발사될 위기였던 핵폭탄을 막았을 때도 이렇게 숨이 막히지는 않았다며 과거를 돌아보았다.

타인에게 작전의 성패가 달려 있다는 공포가 로이드를 불안하게 만들고 있었다.

그 긴장감은 전염되어 아냐까지 부들부들 떨며 숨을 죽였다.

"다음, 포저 님 들어오십시오."

"네!"

"위!"

호명된 로이드와 요르와 아냐는 조용히 일어났다.

'틀림없이 지금이⋯ 오퍼레이션 〈올빼미〉 최대의 고비다!'

방에 들어서자 남성 세 명이 소파에 앉아 기다리고 있었다. 한 명은 안경을 쓴 온화해 보이는 남성, 또 한 명은 콧수염을 기른 위엄 있는 분위기의 남성, 마지막은 헨더슨이다.

'이 정보전을 포저 일가가 제압해야 한다⋯!'

시선과 각기 다른 의도가 부딪히는 가운데… 면접시험의 막이 올랐다.

"그럼 우선 부모님께 질문을 드리겠습니다."

로이드는 진행 담당이기도 한 온화한 인상의 면접관의 데이터를 떠올렸다.

「월터 에반스 59세. 제5기숙사 〈말콤〉 기숙사장. 담당 교과는 국어. 온후, 강직, 보수적, 학생들의 신망도 두텁다.」

성실한 태도와 상식적인 대답을 하면 쉽게 점수를 얻을 수 있을 거라 생각했다.

"두 분은 재혼이라고 하셨는데, 어떻게 만나셨습니까?"

처음부터 예상보다 사적인 질문이 나와서 로이드는 긴장의 끈을 조였다.

'가정 환경을 중시하는 이든이기 때문인가….'

"아내와는… 귀 학교의 교복을 담당하는 전통 있는 의상실에서 우연히 만났습니다. 이 사람의 반듯한 행동거지(등 뒤를 빼앗겼음)에 마음이 끌렸죠. 저는 전처와 사별한 후, 딸을 생각해서 신중하려 했지만 대화를 나누다 보니 의기투합(이해가 일치)하게 됐습니다."

로이드는 막힘없이 이야기했다.

"아내는 가족을 아끼는 아주 다정한 여성입니다. 딸과도 잘 지내 줄 거라 생각했습니다."

"흠. 아내분은?"

얼굴을 붉히며 로이드의 이야기를 듣고 있던 요르가 대답했다.

"어… 저기…. 로… 로이드 씨는 딸을 무척 사랑하는 멋진 분이세요. 저(의 독신이라 난처한 상황)도 무척 신경 써서 잘 살펴 주시고요…."

"화목한 가족 같아 보기 좋군요."

에반스는 두 사람의 답변을 듣고 흐뭇한 미소를 지었다.

하지만 콧수염을 기른 면접관은 차가운 눈으로 물었다.

"부인은 그렇게 미인이신데 왜 굳이 혹 딸린 홀아비를 선택하셨나?"

"상스러운 소리 마시오, 스완 선생."

헨더슨이 나무랐다.

로이드는 콧수염을 기른 면접관의 데이터를 머릿속에서 끄집어냈다.

[머독 스완 47세. 제2기숙사 〈클라인〉 기숙사장. 담당 교과

는 경제학. 선대 교장의 외아들이며 연줄로 고용됨. 오만, 탐욕, 무신경, 지난달에 아내에게 이혼을 당한 데다 딸에 대한 친권도 잃었다.]

지금까지의 면접에서도 타인의 가정을 시샘하며 분풀이 발언만 했다. 어째서 로이드가 그 사실을 아는가 하면, 면접실에 도청기를 설치해 두었기 때문이다.

'이 녀석은 자극하지 않는 게 상책이야….'

로이드는 그렇게 판단했다.

"그럼 다음 질문. 본교를 지망한 이유를 들려주시겠습니까?"

"그것은 전적으로… 이곳에 계신 선생님들의 수준이 높기 때문입니다."

속으로는 '**표적인 데스몬드에게 접근하기 위해서!!**'라고 생각하며 로이드가 답했다.

"양질의 지식과 교양은 물론이고 애국 이념과 엘리트 정신에 이르기까지, 폭 넓고 두터운 가르침을 주실 수 있는 것은 긍지 높은 이든의 선생님들 외에는 없을 거라 생각합니다."

빈틈없는 답변에 헨더슨은 감명을 받았다.

'엘레강트하군, 로이드 포저. 과연 내가 눈여겨본 남자야.'

참고로 로이드가 입수한 헨더슨의 데이터에는 [헨리 헨더슨

66세. 제3기숙사 〈세실〉 기숙사장. 담당 교과는 역사. 성격은 엘레강트]라고 되어 있었다.

에반스의 진행으로 면접은 계속되었다.

"부모님이 보시기에 따님은 어떤 아이인가요? 장점과 단점을 각각 말씀해 주시겠습니까?"

"아냐는 무척 호기심이 왕성한 아이입니다. 무슨 일에나 끼어들곤 하는 것이 단점이라고 할 수 있겠지만…. 그리고 팔이 안으로 굽어서일지는 몰라도, 무척 똑똑한 아이입니다."

당당하기만 한 로이드의 말에 헨더슨은 속으로 딴죽을 걸었다.

'똑똑해?! 이게?! 30점짜리인데?'

아냐는 두~웅 하고 충격을 받았지만, 직후에 이어진 로이드의 말에 움찔하고 굳어 버렸다.

"때때로 저희 마음을 꿰뚫어 보는 말과 행동을 해서 뜨끔하기도 하죠. 단점은 조금 편식을 하는 정도일까요…."

"어머님이 보시기엔 어떤가요? 어머님만의 교육 방침 같은 것이 있습니까?"

요르는 부드러운 미소를 지은 채 이야기했다.

"…저는 아시다시피 이 아이의 친어머니가 아닙니다. 처음에는 아이의 호감을 사려고 그만 오냐오냐하기도 했지만, 이 아이의 앞날을 생각하면 꾸짖을 때도 있어야 한다는 걸 염두에 두고 있지요."

연습한 대로 하자, 연습한 대로. 그렇게 자기 자신을 달래며 말을 이어 갔다.

"좀 전에 따님께서 편식을 한다고 했는데, 평소 가정에서는 어떤 요리를 만드십니까?"

"네?! 요… 요리요…? 그게…."

말문이 막힌 요르에게 로이드가 도움의 손길을 내밀었다.

"저희 집에서는 주로 제가 요리를 합니다. 물론 바쁠 때는 아내가 만들어 주기도 하지요."

'아직 한 번도 없지만….' 로이드가 그런 생각을 하던 중에 스완이 끼어들었다.

"세상에. 마누라가 돼서 밥도 안 해 준다고?! 딸보다 자기한테 더 엄격해져야겠네."

"……."

창피한 나머지 요르는 고개를 푹 숙이고 말았다. 그 옆에서 로이드는 딱 부러지게 말했다.

"누구나 잘하고 못하는 것이 있습니다. 아내는 깔끔한 걸 무척 좋아해서 청소가 늘 완벽하고, 아이를 돌보는 것도 나무랄 데가 없습니다."

"아니, 그건 어차피 다 여자가 해야 할 일 아닌가?"

"누가 그런…."

스완의 너무도 전시대적인 발언들에 로이드는 울컥하고 말았다.

하지만 "괜찮아요, 로이드 씨!"라고 말리는 요르의 말을 듣고 마음을 가라앉혔다.

'그래, 침착하자. 왜 짜증을 내는 거야, 〈황혼〉. 애초에 이 사람은 진짜 내 아내도 아닌데….'

한편 스완의 머릿속은 꼬일 대로 꼬인 생각으로 가득했다.

'홍, 미남미녀 잉꼬부부시다? 눈꼴시어 못 봐주겠군! 있는 대로 트집을 잡아서 바닥을 드러내게 해 주지!! 이딴 놈들을 떨어뜨리지 않으면 세상이 너무 불공평하지 않겠어?'

그런 스완의 마음의 목소리에 아냐는 깜짝 놀랐다.

'아버지랑 어머니가 미운가 봐…!! 아냐가 힘내야 해…!!'

그 후, 면접장에 긴장감이 감돌기 시작한 탓인지 아냐에 대한 질문으로 넘어갔다.

"우선 이름과 주소를 말해 보겠니?"

"아냐 포저입니다! 주소는 배린트 서구 공원가… 백… 28 입니다!"

"휴일에는 주로 뭘 하고 지내나요?"

예상했던 질문에 로이드는 미소를 지었다.

"미술관에도 가고, 오페라도 먹고…."

다소 이상한 표현에 "응?" 하고 멈칫하게 되기도 했지만, 시작은 그럭저럭 좋았다.

"학교에 들어가면 뭘 하고 싶나요?"

"저기, 그게…."

뭐였더라? 아냐가 생각하던 중에 로이드의 마음의 목소리가 흘러들었다.

'내 경우는… 우선 무엇보다도 친목회에 참가해서 적 조직과 그 보스 데스몬드의 계획 전모를 밝힌다! 그리고 그걸 저지하기 위해….'

연습했던 답이 떠오르지 않아서 초조해진 아냐는 엉겁결에….

"조… 조직 보스의 비밀을 밝히고 싶습니다."

로이드의 마음의 목소리를 그대로 말하고 말았다.

'애가 무슨 소릴 하는 거야~~?! '도서관에 있는 책을 많이 읽고 싶습니다'잖아!!'

"아… 도서관에 있는…."이라고 말을 바꾸려 했지만 이미 늦었다.

"조직 보스? 교장 선생님 말인가?"

"하하하, 죄송합니다. 딸애가 남들보다 성취 욕구가 강하다 보니, 이 학교의 톱인 교장 선생님의 인품과 삶에 무척 관심이 많아서요."

'호오… 저 어린 나이에 선배들로부터 배우고자 하는 자세라니… 제법 엘레강트하군.'

로이드의 설명에 감탄한 헨더슨은 다시 질문했다.

"그러면 교장 선생님의 이름을 말할 수 있겠나, 아가씨?"

"그게… 베… 베…."

'그래, 베네딕트 아이반 굿펠러.'

"베네뒤뚱 아방 구퍼라."

아냐는 로이드의 마음의 목소리를 따라 간신히 답했다.

"그럼 그 사람처럼 큰 인물이 되려면 어떤 노력이 필요할 것 같나?"

연습할 때는 없었던 질문이지만 아냐는 야무진 얼굴로 진지하게 답했다.

"맨몸으로 정글을 헤치고 죽음과 마주하는 시험을 거치며 정신을 단련합니다."

그것은 어제, 아냐가 사랑하는 애니메이션 〈스파이 워즈〉에서 주인공이 한 특훈이었다.

하지만 헨더슨은 이 말에 큰 충격을 받았다.

'그… 그런 각오를…!! 이 아가씨를 다소 얕보고 있었던 것 같군…!!'

"그 정도로 자신을 몰아붙일 필요는 없을 거예요…." 냉정한 에반스의 그 말과 함께 면접의 화제는 부모님에 관한 이야기로 넘어갔다.

"아버님은 어떤 일을 하시죠?"

"스파…."

아냐는 사실대로 말할 뻔했지만 허둥지둥 말을 바꿨다.

"…슈퍼 멋진 '마음의 의사 선생님'입니다."

"음? 코라도 막혔나? 괜찮니?"

이상한 발음으로 말한 아냐에게 에반스는 계속해서 질문했다.

"새 어머니는 어떤 분이죠?"

"아주 상냥해요. 하지만 가끔 무서워요."

요르는 두웅~ 하고 충격을 받은 표정이었지만 면접관들의 분위기는 나쁘지 않았다.

"그럼 아버지, 어머니에게 점수를 매긴다면 몇 점인가요?"

이 질문에 아냐는 조금도 생각하지 않고 답했다.

"100점 만점입니다. 아버지도 어머니도 재미있고 참 좋아합니다."

그리고 똑바로 말했다.

"언제까지나 함께 있고 싶습니다."

그 말은 로이드와 요르의 마음을 울려서, 두 사람은 자신도 모르게 눈이 동그래졌다.

하지만 스완은 탐탁치 않았다.

'쳇. 그런 대답은 필요 없다니깐?'

"그러면, 지금의 엄마랑 옛날 엄마 중 누가 더 좋냐?"

아이에게 해서는 안 되는, 심술궂은 질문이었다.

에반스가 만류하려 해도 스완은 질문을 바꾸려 하지 않았다.

'고아원에 있게 된 경위는 모르겠지만, 이 녀석의 부모는 이미….'

그렇게 생각한 로이드도 질문을 변경해 달라고 요청했지만 스완은 물러서지 않았다.

"아니. 대답 못 하면 감점이야."

어른들이 신경전을 벌이는 가운데, 질문을 받은 아냐는 작은 목소리로 중얼거렸다.

"…엄…마…."

아냐의 눈에서 구슬 같은 눈물이 뚝뚝 흘렀다.

"…엄마…."

그리고 얼굴을 가린 채 훌쩍훌쩍 울기 시작했다.

"그래, 그래. 역시 옛날 엄마가 좋단 말이지?"

화목한 가족에게 찬물을 끼얹고 나자 스완의 얼굴에 미소가 떠올랐다.

"너무하세요!!"

"요르 씨, 진정해요!"

"하지만 이렇게…."

로이드는 분노를 표출하는 요르를 말렸다.

고아원에 있게 된 경위는 모르지만 이 녀석의 친어머니는 아마 이미….

아니, 대답 못하면 감점이야.

질문을 변경해 주십시오.

…엄

뚝 뚝

마…

"우리 학교에는 부모 곁을 떠난 기숙사생도 많거든. 사소한 일을 갖고 징징대면 우리 학교에서 못 버텨!"

스완의 막말이 계속되었지만 임무를 위해서는 참아야만 했다.

'어차피 임시로 만든 가짜 가족. 매도를 당한들 알 바 아니야. 별일 아니야.'

하지만 요르는 인내심이 한계에 달하려 하고 있었고….

"사소한 일…? 사소한 일이라고요…?"

"왜 이러시나, 후처 아주머니. 전처한테 밀렸다고 나한테 화풀이야?"

스완은 하고 싶은 말을 다 해서 속이 시원하다는 생각에 히죽대고 있었다.

그때….

무언가가 스완의 앞으로 날아들었다. 몸을 앞으로 내밀고 주먹을 치켜든 로이드다.

그 눈은 죽일 듯이 스완을 쳐다보고 있었고….

'참아라, 〈황혼〉.'

머리는 필사적으로 자신을 말리려 하고 있지만, 몸이 멋대로 움직였다.

투콰악!

무언가를 때리는 커다란 소리가 면접실 밖까지 울려 퍼졌다.

로이드의 주먹은 스완의 앞에 있던 테이블을 박살 냈다.

생각지 못한 일격에 스완은 다리가 풀려 버렸다.

로이드의 주먹에서는 테이블의 파편이 우수수 떨어지고 피가 흐르고 있었다.

"…실례. 모기가 있기에 그만."

분명 테이블 위에는 모기 한 마리가 죽어 있기는 했다….

그러더니 로이드는 조용히 자리를 뜨며 말했다.

"오늘은 감사했습니다."

"이봐, 어딜 가?! 아직 안 끝났어!!"

스완이 말리려 했지만 로이드는 싸늘한 눈빛을 날리며 말을 내뱉었다.

"아이의 마음을 가볍게 짓밟는 게 이 학교의 교육 이념이라면, 저희가 학교를 잘못 선택했군요."

"이 자식, 감히 우리 학교를 모욕해?!"

스완이 고함을 쳐도 신경 쓰지 않고 로이드는 방을 뒤로 했다.

"가자, 둘 다. 실례했습니다."

포저 일가가 퇴실하자 스완은 마구 화를 냈다.

"다시 우리 교문을 넘을 생각은 하지도 마!!"

"도가 지나쳤소, 스완 선생."

헨더슨이 주의를 줘도 스완은 고압적인 태도를 거두지 않았다.

"내 방식에 불만 있나? 선대라고는 하나 내 아버지의 영향력은 아직 건재해! 말조심하는 게 좋을걸!"

"…윽."

"이봐, 빨리 다음 가족 불러!!"

헨더슨은 로이드의 말을 떠올리고 있었다.

'긍지 높은 이든의 선생님들 외에는 없을 거라 생각합니다.'

이든을 신뢰한 사람을 무시하고, 악의 있는 언동으로 아이를 상처 입힌 스완을 용서할 수 없다고 생각함과 동시에 그걸 막지 못한 자기 자신이 부끄러웠다.

'권력에 굽실거릴 뿐인 내게는, 교육자가 될 자격이 없다…!!'

"우리 학교를 모욕한 것은 어느 쪽인가…."

"엉?"

헨더슨은 스완의 앞에 서서….

스완의 얼굴 한복판을 있는 힘껏 때렸다.

꾸직!

둔탁한 소리와 함께 스완은 바닥에 쓰러졌다.

"흠. 내가 생각해도 엘레강트하군."

새하얀 손수건으로 손을 닦으며 헨더슨은 중얼거렸다.

"이제 이든의 교사로서 당당히 마주할 수 있을까, 포저?"

집으로 돌아온 세 사람은 거실 소파에 앉아, 고개를 푸욱~ 숙인 채 좌절하고 있었다.

'보나마나 탈락일 거야….'

로이드가 영혼이 빠져나간 얼굴을 하고 있자 요르가 말을 걸었다.

"차… 차라도 끓일까요?"

로이드는 스파이답지 못했던 자신의 행동을 깊이 반성하고 있었다.

임무에 사적인 감정을 개입시켜 버렸다면서.

그런 로이드에게 아냐가 기어들어가는 듯한 목소리로 말했다.

"아버지 미안해…."

눈물이 흘러나올 것 같은지, 고개를 숙인 채로 목을 쥐어짜듯이 해서 말을 이었다.

"아냐 시험 잘 못 봐서 미안해…."

"괜찮아, 아냐. 사과할 필요 없어. 그런 학교는 가기 싫지?"

기특한 아냐를 로이드는 감싸 주었다.

하지만 아냐는 곁으로 와서 그 작은 손으로 로이드의 무릎을 꼬옥… 잡더니 얼굴을 묻은 채로 말했다.

"아냐 학교 가고 싶어."

"뭐?"

로이드의 무릎에 얼굴을 파묻고 있어서 아냐의 표정은 보이지 않는다.

하지만 필사적으로 자신의 마음을 전하려는 게 느껴지는 목소리였다.

'…만약 '임무'에 실패하면.'

"학교 안 가면…."

"'함께'가 끝나 버려….'

한편 요르도 부엌에서 차를 끓이며 생각하고 있었다.

만약 불합격하면 당연히 이 생활도….

'아니, 아니, 나는 그저 '일'에 지장이 생길까 봐 염려하는 것뿐….'

쓸쓸함을 느끼는 자신의 마음을 얼버무리려는 듯이 차를 가져갔다.

하지만 현실은 현실이다.

로이드는 솔직한 생각을 이야기했다.

"하지만 솔직히 말해서 합격은 절망적이지."

그러자 요르는 반대로 밝은 목소리로 두 사람을 위로하려 했다….

"부… 분명 괜찮을 거예요! 잘될 거라고요!"

아냐도 거기에 합세했다.

"안경 아저씨도 반쪽 안경 아저씨도 좋은 사람이었어."

"맞아요, 맞아요! 그 사람들이 잘 봐 줄 거예요! 믿어 봐요!"

두 사람은 전혀 논리적이지 않은 희망적인 소리만 늘어놓았다.

로이드는 생각했다.

스파이는 자기 이외의 그 누구도 믿지 않는다. 언제나 최악의 상황을 가정하고 대비해야 한다.

하지만 "언제까지나 함께 있고 싶습니다."라고 말하던 아냐의 모습이 머리에 떠올라서….

'하지만….'

'지금은 조금만 더….'

로이드는 요르와 아냐의 말에 "그래."라고 말하며 고개를 끄덕였다.

"이제 운명에 맡기고 일단 시험의 피로를 풀기로 할까?"

세 사람은 요르가 끓여 준 차… 똑같은 컵을 들고 건배했다.

"우리 집의 밝은 미래를 위해!"

…그 순간, 집에서 덜컹 소리가 났다.

"어?!"

"뭐가 떨어졌어!!"

요르와 로이드가 움찔하고 돌아보니 거실 벽에 걸어 두었던 액자 하나가 바닥에 떨어져 있었다.

"가족사진이 떨어졌네요….."

"떨어졌어….."

포저 일가는 복잡한 심정으로 떨어진 액자를 쳐다보았다.

시험 결과는 과연…?

SPY×FAMILY

　이번에야말로 진짜로 이든 칼리지 입학시험의 합격 발표 날이 되었다.

　2차 심사인 삼자면담 결과를 반영한 합격자 번호가 교내 게시판에 붙었다.

　"K-212, K-212…."

　로이드, 요르, 아냐는 다 같이 아냐의 수험 번호를 필사적으로 찾았지만….

　K-204 다음에 적힌 번호는 아무리 봐도 K-226이었다.

　"…없어."

세 사람은 새파랗게 질린 얼굴로 게시판을 올려다보았다.

"오늘이네요."

"응? 뭐가?"

"뭐긴요… 이든 칼리지 합격 발표 말입니다. 금일 12:00에 게시된다고 하던데요."

웨스탈리스 정보국 대 오스타니아과 〈WISE〉 본부에서도 이든 칼리지 합격 발표를 주목하고 있었다.

무수히 많은 모니터와 통신, 기록 기재가 설치되어 웨스탈리스, 오스타니아 각지의 정보가 어지럽게 오가고 있는 관제실에서 요원들이 수군거렸다.

"아아, 에이전트 〈황혼〉이 하고 있는 그거?"

"오퍼레이션 〈올빼미〉에 동서 평화의 행방이 걸렸으니 좀 더 진지하게 임하세요!"

"괜찮아, 그 녀석은 뭐든지 스마트하게 해치우니까. 곧 '벚꽃 피다'라는 전문이 들어오겠지."

"그게 뭔데요?"

"동양의 암호야. '합격'이라는 뜻이지."

◇◆◇

포저 일가는 어깨를 축 늘어뜨리고 있었다.

'떨어졌다.' '떨어졌어.' '떨어졌어….'

각오는 했지만 현실이 되고 나자 낙담한 기색을 숨길 수가 없었다.

"도… 돌아갈까…."

"차… 차라도 마셔요…!"

로이드와 요르는 힘없는 발걸음으로 귀갓길에 올랐다. 그 사이에 선 아냐는 눈에 눈물이 그렁그렁해져 있었다.

…하지만 그때, 세 사람을 불러 세우는 목소리가 들려왔다.

"기다리게, 포저 일가."

헨더슨이다. 헨더슨은 들고 있던 한 장의 서류를 로이드에게 보여 주었다.

그 서류에는 많은 이름들이 나란히 적혀 있었다.

"맨 윗줄을 보게."

"아냐 포저…."

"그건 추가 합격자 명단일세. 대외비 문서지만."

"추가··· 합격···?"

"그래. 종합적인 채점 결과, 아냐 포저는 추가 합격 대상자 1위에 올랐지. 정규 합격자 중에서 한 명이라도 입학을 포기하면 즉시 합격 조치될 걸세."

갑자기 찾아온 좋은 소식에 로이드는 어안이 벙벙해졌다.

"하··· 하지만, 그런 짓을 했는데···."

헨더슨은 입을 열었다.

"지구상에서 가장 인간을 많이 죽이는 생물이 뭔지 아나? 모기일세. ···그래, 자네는 그때, 위험한 생물로부터 스완 선생을 구했어. 이건 큰 가점 요인이지."

"말도 안 돼···."

감싸 주려 한 것이겠지만, 너무도 억지스러운 논리에 로이드가 딴죽을 걸었다.

"가슴을 펴게, 포저. 자네들은 우리 학교에 어울려."

로이드와 헨더슨의 이야기를 들으며 요르는 결원이 생기지 않을 경우를 생각하기 시작했다.

요르는 상상했다.

오스타니아의 상류층들이 많이 모인 파티에서 합격자의 아버지를 암살하는 모습을….

"〈가시공주〉다!! 왜 이런 곳에…?!"

"이케니엘 서기관이시죠? 목숨을 가져가도 지장이 없으시 겠습니까…?"

"살려 줘…! 난 6살 난 아들이 있고, 다음 달이면 당당히 명 문 이든에 입학할 아이라고!! 내가 죽으면 학교에 갈 수 없게 돼!! 제발!!"

"죄송합니다. 그게 목적이라…."

"뭐?!"

"아냐의 추가 합격을 위해 죽어 주세요!!"

이케니엘의 피가 세차게 뿜어져 나온다….

…여기까지 상상한 참에 퍼뜩 정신을 차리고 고개를 붕붕 가로저었다.

'아니!! 죄 없는 사람을 해쳐서는 안 돼, 요르…!! 미안해요, 이케니엘 씨…. ※가공의 인물'

당황한 요르를 곁눈질하며 헨더슨은 말했다.

"아무튼…. 매해 반드시 몇 명은 입학을 포기하는 사람이 생 기네. 그렇게 알고 잘 준비해 두게."

"정말 고맙습니다, 선생님…."

로이드가 진지하게 감사 인사를 하자 헨더슨은 고개를 홱 돌린 채 중얼거렸다.

"뭐, 입학할 무렵이면 나는 교직에서 물러난 뒤일지도 모르네만…."

"네…?"

"그 돼지 같은 아들놈을 때려눕혀 버려서 말이네. 이든의 긍지는 지켰지만 어떤 보복이 기다리고 있을지…."

이 임무에서 스완과 헨더슨 중 누가 더 이용 가치가 있을지는 아직 알 수 없다. 하지만 스완이 걸리적거린다면 사회적으로 죽일 방법은 얼마든지 있다고 로이드는 생각했다.

그리고 그 상황을 염두에 둔 채 헨더슨에게 말했다.

"뭔가 힘이 되어 드릴 수 있는 방법이 있다면…."

"위로의 말이라도 기쁘군, 엘레강트 보이. 뭐, 집에서 합격 연락이나 기다리게."

◇

사흘 후, 전화벨이 울리자 로이드는 엄청난 속도로 수화기를 들었다.

로이드가 심각한 투로 대화하는 모습을 아냐와 요르가 뒤에서 지켜보았다.

전화를 끊고 주머니에 손을 넣고서 진지한 표정으로 뒤를 돌아본 로이드는….

주머니에 넣어 두었던 폭죽을 터뜨리며 소리쳤다.

"합격이다!!!"

폭죽에서 튀어나온 리본과 꽃가루가 세 사람의 미소를 화사하게 물들였다.

"만세~!"

"정말 잘했어, 아냐!"

로이드는 아냐를 안아 올렸다.

"다행이에요! 다행이에요! 정말 기뻐요!"

"요르 씨도 정말 고마워요!"

세 사람이 기쁨을 주고받던 도중, 웬 방문객이 불쑥 찾아왔다.

"어~이, 합격이라며?"

여전히 머리가 북슬북슬한 프랭키다. 와인을 챙겨 왔다.

"소식도 빠르네!!"

"정보상을 얕보지 말라구."

슬그머니 로이드에게 말한 후, 프랭키는 요르에게 인사했다.

요르와 만나는 건 처음이었다.

"안녕하세요, 사모님, 처음 뵙겠습니다! 로이드의 친구 프랭키라고 해요!"

"안녕하세요."

"북슬북슬!"

아냐가 프랭키를 가리키며 소리친 직후, 합격 축하 파티가 시작되었다.

"와하하하하!"

프랭키는 와인을 마시고 완전히 취해 버렸다.

"이야~ 내가 답안지를 빼돌려 준 덕분이네~"

조용히 그런 소리를 하는 바람에 로이드는 허둥대며 목소리를 죽여 주의를 주었다.

"멍청아, 다 들려…!!"

"니예~~? 머라거여~~~~?"

뭐라 이야기를 나누는 로이드와 프랭키를 요르는 방긋방긋 웃으며 쳐다보고 있었다.

요르는 이미 누구보다도 심하게 취한 상태라 아무 말도 듣지 못한 것 같았다.

그 옆에서 아냐는 오독오독오독오독 땅콩을 먹고 있다.

로이드가 혼자서만 멀쩡한 얼굴로 와인을 마시고 있자 프랭키가 딴죽을 걸었다.

"너 마시고는 있는 거냐, 에브리데이 맨정신?"

"나는 아무리 마셔도 취하지 않도록 훈련받았어."

"정말? 인생 진짜 재미없게 사네!"

혀를 차며 욕을 하더니 이번에는 아냐에게 미소를 지은 채 말했다.

"이야~ 그나저나 다행이다, 아냐! 지금이라면 아빠가 상으로 뭐든 다 사 줄 거야!"

프랭키의 말에 아냐가 고개를 번쩍 들었다.

"야, 멋대로 약속하지 마!"

"아냐는 갖고 싶은 거 말고 하고 싶은 거 있어."

"응? 뭔데? 뭐, 가능한 거라면 들어줄게."

아냐의 말에 로이드는 귀를 기울였다.

"아냐 이거 하고 싶어."

아냐가 가리킨 것은 TV였다.

〈스파이 워즈〉가 방송되고 있었는데, 아냐가 특히 좋아하는 것은 악의 조직에 의해 성에 갇히고 만 허니 공주를 구출하고 그 성을 해방하는 미션이다. 왕국 제일의 스파이인 본드맨이 성에 잠입해 허니 공주를 구출하는 내용이었다.

"하고 싶다니… 어… 그러니까…."

"성에서 구출되기 놀이!"

"무리야!"

로이드는 기각했다.

아냐가 눈물을 글썽거리기 시작했고, 그 옆에서 프랭키가 목소리를 높였다.

"너무해! 인간도 아냐! 안 들어주면 학교 안 갈 거야!"

"멋대로 대변하지 마."

이어서 프랭키가 로이드에게 슬그머니 귓속말을 했다….

"로이드 씨, 내 정보에 따르면 뭉크 지방에 몇 만 다르크면 하루 동안 임대 가능한 고성(古城)이 있어. 지금 가면 늦지 않을걸."

그러더니 훌쩍훌쩍 울고 있는 아냐에게 다가가 말했다.

"겨우 합격했는데~ 축하 선물도 안 해 주고 너무하다, 그치~?"

"……크윽!"

자꾸만 부추기는 프랭키를 노려보며 로이드는 결심을 굳혔다.

"성!"

아냐의 눈앞에 그토록 꿈꿔 왔던 성이 우뚝 서 있다.

그렇다, 정말로 프랭키가 추천한 뭉크 지방의 뉴스톤 성에 온 것이다.

로이드, 요르, 프랭키도 커다란 성을 올려다보았다.

"성~~!"

성 안에 들어가서도 아냐의 흥분은 가라앉지 않아서 큰 소리를 치며 뛰어다녔다.

"다행이네요오."

아직도 취해 있는 요르가 방긋방긋 웃으며 지켜보던 중에, 아냐가 갑자기 딱 멈춰 섰다.

"왜 그래?"

"사람 없어. 뭔가 달라."

텅 빈 성에는 적도 하인도 없어서, 이래서는 아무 사건도 안 일어날 것 같았다.

"아냐 학교 못 갈 것 같아…."

지금까지 프랭키의 수법을 보고 배운 아냐는 몸을 꼬물거리며 그런 소릴 했다.

"그렇지?" 하고 가세하는 프랭키를 보고 있자니 울컥했지만, 로이드는 놀랍게도 〈WISE〉에 도움을 요청했다.

「오스타니아에 있는 전 첩보원에게 알린다!! 뉴스톤성에서 실시하는 긴급 작전에 참가하라!!」

눈 깜짝할 새에 지령이 퍼져서 성에 많은 사람들이 모였다.

다들 첩보원답게 성에 초대된 귀족, 혹은 하인 등, 각자 역할에 맞는 복장을 갖추고 연기를 하고 있었다.

"와아!"

사람으로 북적이는 홀을 보고 아냐는 탄성을 질렀다.

"조직도 제법 쓸 만하네."

속 편한 소리나 하는 프랭키를 로이드가 노려보았다.

하지만 그런 로이드를 뜨거운 시선으로 바라보는 사람들도 많았는데….

'〈황혼〉이다….' '진짜야….' '나중에 사인받아야지….'

엘리트 중에서도 엘리트인 〈황혼〉은 웨스탈리스 첩보원들에게 동경의 대상이었다. 그 〈황혼〉이 직접 소집 명령을 내려서 다들 내심 들떠 있었던 것이다.

어쨌든 무대는 갖춰졌다.

"…그래서, 어떻게 하면 되는데?"

로이드가 묻자 아냐는 주문하기 시작했다.

"음…."

로이드를 가리키며….

"아냐를 구출하는 스파이!"

프랭키를 가리키며….

"악당 두목!"

요르를 가리키며….

"웅… 아무거나."

아냐의 조잡한 지시에 요르는 충격을 받았지만, 어찌 되었든 '성에서 구출되기 놀이'가 시작되었다.

"도와줘요, 로이드맨!"

사로잡힌 공주라는 설정인 아냐는 테이블을 바리케이드처럼 옆으로 쓰러뜨려 만든 감옥 안에 있었다.

"……."

소꿉놀이 같은 느낌이 풀풀 나서 로이드 일행은 잠시 굳어 있었지만, 프랭키가 가장 먼저 연극에 참가했다.

"우하하하하! 잘 왔다, 로이드맨!!"

"벌써 몰입한다고?!"

과감한 결심을 한 프랭키의 연기에 로이드는 당황했다.

'큭… 모든 첩보원들이 보는 앞에서 이런 낯 뜨거운 촌극을 하라고…?!'

"〈황혼〉의 연기를 눈앞에서 보게 되다니!"라는 소릴 하며 웅성거리는 첩보원들의 시선이 느껴져서 로이드는 얼굴이 새빨개졌다.

'하지만, 입학을 위해서라면…!!'

"고, 공주를 돌려주실까."

로이드는 창피를 무릅쓰고 발연기를 했다.

그러자 프랭키는 사악한 표정으로 "크크큭." 하고 웃었다.

"멍청하긴. 순순히 돌려줄 것 같나?"

그러더니 딱, 하고 손가락을 튕기며 소리쳤다.

"자아, 가라! 최강의 마녀 요르티셔!! 저 남자를 갈가리 찢어 버려라!!"

프랭키의 부름을 받은 요르는 멍~한 표정으로 로이드의 앞으로 걸어 나왔다.

아냐는 두근두근 설레는 마음으로 그 광경을 감옥에서 구경하고 있었다.

'마녀가 있었어?! 세계관을 모르겠네…!!'

당황한 로이드에게 느닷없이 후오옹, 이라는 소리와 함께 요르의 발차기가 날아들었다.

"으악!"

날카로운 발차기는 로이드의 뺨을 스쳐서 한 줄기 피가 주륵, 흘러나왔다.

"…어?"

요르는 악귀나 악마를 방불케 하는 무시무시한 얼굴로 로이드를 노려보고 있었다.

"잠깐… 아니. 어…?!"

"아냐를 잡아가려는 자는 용서하지 않겠어요…!!"

울뚝불뚝 목에 퍼런 핏대를 세운 채 살기를 내뿜고 있다.

요르는… 아직도 취해 있었다.

핑! 핑! 핑!

가차 없는 연속 발차기가 로이드를 덮쳤다.

"우아아아아!"

'가… 강해! 이러다 죽겠어…!'

마녀라는 설정인데도 물리 공격을 끊임없이 날려 대는 바람에 로이드는 밀리기 시작했다.

하지만 갑자기 뚜둑, 하고 요르가 신은 부츠의 굽이 부러졌고….

제대로 넘어진 요르는 그대로 바닥에서 쿨~ 쿨~ 잠들어 버렸다.

"후하하하! 용케 여기까지 왔구나, 로이드맨!! 하지만 나는 그리 간단히…."

연기를 계속하는 프랭키를 로이드는 가벼운 일격으로 쓰러뜨렸다.

"끄앙!"

척 하고 아냐의 앞으로 다가가서 로이드는 손을 내밀었다.

"구… 구하러 왔습니다. 아냐 공주…."

그 얼굴은 창피한 나머지 새빨갛게 물들어 있었지만, 늠름해 보이기도 해서….

아냐는 동그래진 눈을 반짝반짝 빛내며 로이드에게 달려들었다.

"아버지~~!"

"어…? 아버지라는 설정이야…?"

와아아아아아아!

첩보원들의 환호성과 박수 소리가 홀에 울려 퍼졌다.

'…이게 다 뭐람.'

어영부영 놀이가 끝난 듯한 분위기가 감돌아서 로이드는 어리둥절했다.

"아냐 고아원 나오고 나서 두근두근이 가득해. 아버지 덕분이야."

아냐는 로이드를 올려다보며 최선을 다해서 지금의 기쁨을 전하려 했다.

"응? 어어…."

"아냐 학교도 열심히 다닐게!"

동그란 눈을 반짝반짝 빛내며 선언하는 아냐의 모습을 보고, 로이드는 흐뭇한 미소를 지었다.

"…그래. 뭐가 어찌 됐든… **입학 축하한다.**"

아냐와 로이드는 함께 성의 발코니에서 별하늘을 올려다보았다.

그러자 하늘에서 축하 선물처럼 별똥별이 떨어졌다.

◇◆◇

얼마 후, 로이드가 보낸 것이 웨스탈리스 정보국 대 오스타니아과 〈WISE〉 본부를 술렁거리게 했다.

"국장님! 〈황혼〉으로부터 어마어마한 액수의 청구서가 접수됐습니다…! '성 임대료'라는데요."

"……."

'벚꽃 피다'와 같은 내용의 보고와 함께….

「〈황혼〉으로부터 본부에. 보고서 No.006. 오퍼레이션 〈올빼미〉 페이즈 1 : 입시 달성 확인.」

제7화 입학 준비에 만전을 기하라

당당히 이든 칼리지에 입학하게 된 아냐는 교복을 맞추기 위해 로이드, 요르와 함께 의상실에 와 있었다.

"99점… 5!!"

"아냐 2밀리 더 커졌어! 지난번에 쟀을 때보다."

여주인이 계측한 숫자를 듣고 아냐는 의기양양하게 말했다.

"오차겠지."

로이드의 딴죽에 여주인은 빙긋 웃으며 "그야 모르죠." 하고 답했다.

"아이들은 쑥쑥 자라니까요."

여주인은 가족으로서 가게를 찾은 세 사람을 보고 크게 놀랐더랬다.

"이야~ 그나저나 요르가 어느새 결혼을 했었다니! 지난번에 같이 왔을 때 말해 주지 그랬어~"

사실은 그때 처음 만난 것이었지만 그건 비밀이다.

"게다가 아이가 명문 이든에 입학한다니! 축하해!"

"고맙습니다."

아냐는 딱 부러지게 감사 인사를 했다.

"아버님도 이든 출신이세요?"

"아뇨, 저는 시골 삼류 학교 출신이라…."

"어머, 그럼 조심하세요."

로이드의 대답을 듣더니 여주인의 표정이 조금 어두워졌다.

"전통 있는 이든에서는 졸업생 학부모와 그렇지 않은 사람들 사이에 벽이 좀 있는데, 그게 아이들 사이에서 차별이나 왕따를 부른다고 해요. 그 밖에도 특별대우 학생들의 횡포에 기숙사생과 통학생들의 불화 등…."

교복 지정 판매점이다 보니 학교에 관한 소문을 접할 일이 많은 모양이다.

"통학생이란 말이 나와서 말인데, 유괴 사건도 잦은 모양이에요. 이든에 다니는 집은 누가 뭐래도 부잣집이니까요~"

"……윽."

이야기를 듣고 겁을 먹은 아냐는 바들바들 몸을 떨었다.

"아냐 학교 가는 거 그만둘래."

"어머, 미안해! 겁줄 생각은 아니었어. 즐거운 일도 많을 테니까 걱정 말렴!"

여주인은 다시 상냥한 미소를 지은 채 아냐에게 용기를 주었다.

"으음~ 구입하실 건 교복 세트와 겨울용 코트, 조끼, 스웨터까지 세 가지죠? 단골이니까 초특급으로 완성해 드릴게요! 다른 지정 용품은 모퉁이에 있는 가게에서 팔아요."

계산을 마치며 로이드는 생각했다.

'돈이 많이 드는군….'

의상실을 나서자 아냐는 로이드의 뒤에 숨어 주변을 두리번거리기 시작했다.

"응? 왜 그래?"

"유괴를 우려해서."

"그래? 성급하기도 하다…. 참, 요르 씨, 오늘은 외식할까요?"

로이드의 제안으로 세 사람은 레스토랑에서 식사를 하기로 했다.

"오늘의 추천 메뉴는 포포 소스와 포르치니를 곁들인 포크 소테와 포테이토 포타주입니다."

웨이터의 말을 들은 로이드가 조용히 반응했다.

아냐가 "포?"라고 되물을 만큼 '포'라는 말이 많이 쓰인 메뉴는 'P암호'를 뜻하는 것이었다. 그리고 암호 본문은 메인 디시인 포크 소테 위에 소스로 쓰여 있었다.

「5일 후 13시에 은신처 'D'에서.」

작전 회의 연락이었다.

'알았음. …그나저나 이 연락 방법은 바꾸는 게 좋겠군…. 뭔가 좀 그래.'

◇

따르르릉….

포저 가의 전화벨이 울려 로이드가 받았다.

"아아, 안녕하세요. 어, 벌써 다 됐다고요? 알겠습니다. 오늘 찾으러 가겠습니다. 그럼."

로이드가 수화기를 내려놓자 무슨 전화인지 알아챈 아냐가 달려왔다.

"교복 다 됐어?"

"그런가 보다."

하지만 오늘은 작전 회의가 있는 일이기도 하다.

로이드는 요르에게 교복을 가지러 가 달라고 부탁하기로 했다.

"미안하지만 요르 씨, 아냐를 데리고 찾아와 주겠어요? 저는 일이 잡혀서…."

"물론이죠. 맡겨 주세요!"

"어쩌면 늦을지도 모르니 저녁은 적당히 배달이라도 시켜서 먹어요."

"네."

"다녀오세요."

출근하는 로이드를 향해 아냐는 손을 흔들었다.

중절모를 쓰고 트렌치코트를 걸친 로이드는 거리를 걷다가 뒷골목에 자리한 증명사진기 안으로 잽싸게 들어갔다.

증명사진기 안에 설치된 의자에 앉아 동전을 넣자 찰칵찰칵 로이드의 증명사진을 찍었는데, 여기까지는 평범한 증명사진기와 같았다.

하지만 그 후 딩동~이라는 소리가 나고 덜컹, 하고 진동이 느껴지더니 위~잉 모터 소리가 났다.

이 증명사진기는 사실 비밀 엘리베이터였다.

로이드는 증명사진기에 설치된 의자에 앉은 채 지하로 이동했다.

도착한 곳에는 여러 개의 책상과 기재가 놓여 있고, 몇몇 스태프들이 작업 중인 사무실 같은 방이 있었다.

안쪽에 위치한 책상에는 챙 넓은 모자를 쓴 여성이 다리를 꼬고 앉아 있다. 여성은 내려온 로이드를 모자챙과 곱슬한 머리카락 사이로, 안경을 통해 보고 있었다.

"좋은 아침, 아니면 밤인가? 에이전트 〈황혼〉."

"안녕하십니까, 관리관님. 무슨 일이시죠?"

이곳이 **은신처 'D'**. 로이드를 부른 것은 이 여성. 웨스탈리스 정보국 대 오스타니아과 〈WISE〉의 사령관이었다. 직책을 따서 **관리관**이라 불리고 있었다.

"그 전에 먼저⋯."

본론에 들어가려 하는 로이드를 제지하고 관리관은 눈을 부릅뜬 채 말했다.

"지난번에 보낸 그 고액 청구서는 뭐지?! 성 임대료에 왕궁 가구 렌털료?! WISE의 예산이 하늘에서 떨어지는 줄 알아?!"

임무를 위한 것이었다지만 경비를 물 쓰듯이 쓰는 로이드를 향해 분노를 담아 소리친 것이다.

하지만 로이드는 조용히 새로운 종이를 내밀며 입을 열었다.

"추가 청구서입니다. 입학하려면 필요한 물건이 많네요."

"태연히 그걸 주는 배짱은 인정하지."

"둘 다 필요 경비인데요."

"그래, 좋아. 그런데⋯."

관리관은 곧장 화제를 바꿔서 오퍼레이션 〈올빼미〉에 관한 이야기를 시작했다.

책상 근처에 자리한 화이트보드에는 임무와 관련된 정보가 상세히 적혀 있고, 데스몬드와 이든 칼리지의 사진도 붙어 있었다.

"오늘은 오퍼레이션 〈올빼미〉 페이즈 2 진행을 확인하려고 불렀다. 빈틈없는 너에게는 필요 없을지도 모르겠지만."

"아뇨, 요즘은 비교적 임기응변으로 대처할 때가 많아서….."

로이드는 쓴웃음을 지은 채 답했다.

"페이즈 2 : 학부모 친목회. 이걸 설명하기에 앞서 우선 이든의 시스템부터 복습해 볼까. 이든 칼리지의 전교생은 약 2500명. 6세에서 19세까지 총 13학년제. 학문, 스포츠, 예술, 모든 분야에서 톱클래스인 교육 기관이지만, 그 엘리트 학교 안에서 다시 선출된 우수한 학생들… 그게 바로 **'임페리얼 스칼라(황제의 학생)'** 라 불리는 특대생(특별 대우 학생)이다."

임페리얼 스칼라가 되면 그 증표인 전용 망토가 수여되고 임페리얼 스칼라들이 모이는 방에 출입할 수 있게 된다. 그 칭호의 권위는 대단해서 역대 수상 중에서도 임페리얼 스칼라였던 이들이 많다.

"데스몬드가 속한 친목회에 참석하려면 이 '임페리얼 스칼라'와 그 학부모가 되는 게 필수 조건이야. 그리고 특대생으로 선출되려면 **'스텔라(별)'** 라 불리는 휘장을 8개 획득해야 한다. 스텔라는 우수한 성적이나 사회 공헌 등에 따라 수여되는 모양이더군."

관리관은 의자에 앉아 있는 로이드를 내려다보며 말했다.

"즉, 우선 네 딸을 우등생으로 키워야 한다. 필요하다면 부정한 수단을 사용해도 상관없지만."

로이드는 고개를 끄덕였다.

"그와 반대로 성적 부진이나 품행 불량에는 '**토니토(번개)**'라는 벌점이 부과된다. 이게 여덟 개 쌓이면 즉시 퇴학이니 조심해라."

"……."

"그럼 작전의 상세 내용과 사전 협의를…."

이야기를 들으며 로이드는 아냐에 관해 생각했다.

빠━━밤!!

'그 애를 우등생으로….'

무의식중에 "훗." 하고 작은 웃음소리가 흘러나왔다.

'온통 불안 요소뿐이군….'

아냐와 요르는 의상실에 와 있었다.

짜안! 짜안! 빠밤!!

완성된 이든의 교복을 입은 아냐는 그 자리에서 빙글 돌고 두 팔을 펼쳤다.

"교복 아냐 귀여워?"

여학생용 교복은 안에 블라우스를 착용하는 타입의 원피스였다. 금색 자수로 장식되어 매우 고급스러워 보였다.

요르는 진심을 담아 칭찬했다.

"귀여워요, 귀여워요! 나중에 사진관에 가죠!"

짜안! 짜잔! 빠밤!!

아냐는 다시 한번 빙글 돌더니 좀 전과 달리 눈을 올려뜨고서 포즈를 취했다.

"아냐 귀여워?"

"귀여워요, 귀여워요!"

내버려 두면 평생 저러고 있을 듯한 모녀를 보고 의상실 여주인이 딴죽을 걸었다.

"그만 좀 가지 그래?"

"아냐 이대로 나드리하고 싶어."

"그러죠!"

아냐는 이든의 교복을 입은 채 요르와 함께 거리로 나갔다.

"룰루♪"

"공원에라도 들를까요?"

요르와 손을 잡고 공원에 도착한 아냐는 오가는 사람들에게 교복을 입은 자신의 모습을 자랑했다.

아이와 함께 온 가족 앞에서 팔을 펼치며….

"아냐 교복이에요."

커플 앞에 가서….

"교복 아냐예요."

그런 아냐를 요르가 흐뭇한 미소를 지은 채 보고 있자, 엄마들이 말을 걸었다.

"아이가 귀엽네."

"이든 학생이야? 부러워라."

"아… 안녕하세요."

요르는 조금 긴장하며 인사에 답했다.

엄마들은 아이들을 데리고 있었는데, 아이들은 저녁밥을 먹자고 조르기 시작했다.

"엄마, 배고파~ 집에 가자~"

"우린 오늘 뭐 먹을까?"

"햄버그스테이크!"

꾸밈없는 엄마와 아이의 모습을 보고 있자 요르는 면접에서 들었던 말이 떠올랐다.

'평소 가정에서는 어떤 요리를 만드십니까?'

'그래, 그래. 역시 옛날 엄마가 좋단 말이지?'

이어서 면접에서 "언제까지나 함께 있고 싶습니다."라고 했던 아냐의 얼굴이 떠올라서….

'가짜 가족이라는 건 알아…. 하지만 내가, 저 애에게 좀 더 어머니다운 일을 해 줄 수 없을까….'

그러던 중에 아냐가 오도도… 하고 돌아왔다.

"어머니! 모두에게 아냐의 귀여움 보여 줬어."

"입학식 전에 교복 더럽히면 안 돼요."

요르는 아냐에게 말했다.

"…저기, 아냐. 가는 길에 슈퍼마켓에 들를까요?"

"?"

"로이드 씨는 늦는다고 했으니, 오늘 저녁은 제가 할게요!"

"어머니, 만들 수 있어?"

"노력할게요!"

요르는 의욕을 불사르며 아냐를 데리고 공원 옆 슈퍼마켓으로 향했다.

"야, 저거 이든 학생 아냐?"

손을 잡고 슈퍼마켓으로 들어가는 아냐와 요르의 모습을 주목하고 있는 자들이 있었다. 하나같이 눈초리가 사납게 생긴 젊은이 네 명 정도가 품평이라도 하듯 두 사람을 쳐다보았다.

"옆에 있는 건 엄마인가?"

"가정부겠지. 부잣집 마나님이 직접 장을 보러 오겠냐."

"아~ 내가 마침 용돈이 좀 땡기네?"

"나도."

요르는 쇼핑 카트에, 눈에 띄는 식재료들을 닥치는 대로 집어넣고 있었다.

'일단 고기와 채소만 있으면 뭐든 만들 수 있겠지. 뭐가 뭔

지 모르겠으니 전부 다 사 갈까?'

익숙지 않은 장보기를 하는 요르 옆에서 아냐 역시 오가는 손님들에게 교복을 자랑했다. 그러다 요르가 계산을 하는 사이에 가게 밖으로 나가고 말았다.

"앗, 멀리 가면 안 돼요?!"

아냐는 슈퍼마켓의 유리문을 영차 하고 직접 열고 밖으로 나왔다.

그러자 젊은이들이 말을 걸어 왔고….

"안녕, 아가씨."

"으읍?!"

대답하기도 전에 아냐의 입을 틀어막았다.

"잠깐만 얌전히 있을래? 메이드한테 용돈만 좀 받고 나면 풀어 줄게."

'나쁜 사람…!!'

아냐는 의상실에서 들었던 유괴에 관한 이야기가 떠올랐다.

'진짜였어…!'

젊은이들 중 한 명이 히죽거리며 아냐가 입은 이든의 교복을 만지작거렸다.

"교복도 비싸게 팔 수 있다고 들었어."

"그거 좋네."

"그럼 아가씨, 그 옷도 벗…."

뻐억!

말을 하고 있던 젊은이의 뺨에 무언가가 엄청난 속도로 날아와 부딪혔다.

그것은 요르가 끌어안고 있던 쇼핑백이었다.

젊은이는 날아가고 찢어진 쇼핑백에서 여러 가지 식재료가 터져 나와 땅바닥에 흩어졌다.

"뭘, 하는 거죠…?"

허억 허억, 숨을 몰아쉬며 요르가 젊은이들을 노려보았다.

쓰러진 동료의 모습을 보고 다른 젊은이가 씨익 웃었다.

"어이쿠, 이거 치료비도 얹어 주셔야겠네. 지갑 내놔, 가정부 아줌마."

요르는 낮은 목소리로 조용히 말했다.

"가진 돈은 다 써 버려서 없어요. 그러니 가세요."

"그러셔? 그럼 아가씨 옷이나 벗겨 가야겠네. 너야 보나마나 잘릴 테니…."

젊은이는 떨어져 있던 호박을 집어 요르에게 던지려 하며 말했다.

"얼른 고향으로 꺼져, 메이드 아줌마!"

하지만….

빠각!!!

젊은이가 들고 있던 호박을 요르는 손날로 꿰뚫어 산산이 박살 냈다.

"호… 호박을 맨손으로….."

젊은이들은 두려움에 벌벌 떨었다.

요르는 부글부글 끓어오르는 격렬한 분노를 실어 소리쳤다.

"나… 나는 그 애의 어머니예요!!!"

"그 채소처럼 되고 싶지 않으면 당장 떠나세요!!"

그 열기와 압박감에 생명의 위험마저 느낀 젊은이들은 거미 새끼 흩어지듯 도망쳤다.

요르는 아냐에게 달려가 꼬옥 끌어안았다.

"괜찮아요? 미안해요, 내가 눈을 떼는 바람에….. 식재료도 이렇게 되어 버렸고, 나는 못난 어머니예요….."

땅바닥에는 찌부러지고 너덜너덜해진 토마토와 피망, 당근

등이 널브러져 있었다.

요르는 풀이 죽어 눈물을 글썽거렸다.

하지만 아냐는 요르를 글러 먹었다고 생각하지 않았다.

요르의 앞머리를 살며시 쓰다듬으며….

"아냐 강하고 멋진 어머니 좋아!"

그렇게 말하더니 곧장 요르가 했던 공격을 흉내 냈다.

"필살 펀치 투쾅~!!"

"부… 부끄러워요…!"

아냐는 부탁했다.

"어머니 아냐 특훈해 줘!"

"트… 특훈…?"

생각지 못한 방향으로 이야기가 흘러가서 요르는 어리둥절
했다.

이든 학생에게는 위험이 많다는 것을 알게 된 아냐는 특훈
을 해서 강해지고 싶다고 생각한 것이다.

"특훈해서 강해지면 조금은 덜 무서워. 학교에서도 안 죽고
열심히 할 수 있어!"

그러더니 팔을 활짝 펼치며 말했다.

"아냐 어머니처럼 되고 싶어!"

아냐의 말과 올곧은 눈빛에 요르는 가슴이 뜨거워졌다.

그리고 생긋 웃으며, 평범한 엄마처럼은 못 해도 자신이 할 수 있는 일을 열심히 해 보자고 생각했다.

"좋아! 그럼 당장 돌아가서 특훈이에요!!"

"특훈!!"

"다녀왔어요~"

그날 밤, 로이드가 집에 돌아와 보니 어째서인지 힘찬 목소리와 소리가 방에 울려 퍼지고 있었다.

"이얍!!" 슈팍.

"이얍!!" 슈팍.

목소리와 소리의 주인공은 요르와 아냐였다.

운동복을 입은 두 사람이 거실 한가운데서 땀범벅이 되어 나란히 정권 지르기를 하고 있었다.

"…뭐 하는 거예요?"

"입학 준비예요!!"

"……음…."

로이드는 생각했다.

'진짜로 불안뿐이군….'

스파이 패밀리 노벨라이즈

이 책은 『SPY×FAMILY』 1~2권을 토대로 노벨라이즈했습니다.

SPY×FAMILY 노벨라이즈 1
위장 가족

2024년 10월 10일 초판 발행

저자 와다 히토미 | **원작·일러스트** 엔도 타츠야 | **옮긴이** 정대식
발행인 정동훈 | **편집인** 여영아
편집 팀장 황정아 김은실 | **편집** 노혜림
발행처 (주)학산문화사 | 서울특별시 동작구 상도로 282 학산빌딩
편집부 02.828.8838(전화), 02.816.6471(팩스) | **영업부** 02.828.8986(전화), 02.828.8890(팩스)
홈페이지 www.haksanpub.co.kr | **등록** 1995년 7월 1일 | **등록번호** 제3-632호

ISBN 979-11-411-4459-3 04830
ISBN 979-11-411-4458-6 (세트)

값 8,000원